文学馆

林贤治 主编

Rabindranath Tagore

献歌及其他

泰戈尔散文诗选

〔印度〕泰戈尔 著　汤永宽 译

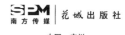

南方传媒　花城出版社

中国·广州

图书在版编目（ＣＩＰ）数据

献歌及其他：泰戈尔散文诗选 ／（印）泰戈尔著；
汤永宽译. -- 广州：花城出版社，2017.8（2023.10重印）
（文学馆 ／ 林贤治主编）
ISBN 978-7-5360-8323-3

Ⅰ. ①献… Ⅱ. ①泰… ②汤… Ⅲ. ①散文诗－诗集
－印度－现代 Ⅳ. ①I351.25

中国版本图书馆CIP数据核字(2017)第092963号

出 版 人：张 懿
责任编辑：陈 川
技术编辑：凌春梅
装帧设计：林露茜
制作总监：蒋 波
发行总监：田峰峥

书　　　名	献歌及其他：泰戈尔散文诗选
	XIANGE JI QITA：TAIGEER SANWENSHI XUAN
出版发行	花城出版社
	（广州市环市东路水荫路 11 号）
经　　　销	全国新华书店
印　　　刷	北京通州皇家印刷厂
	（北京市通州区张家湾镇皇木村）
开　　　本	880 毫米×1230 毫米　32 开
印　　　张	10.25　2 插页
字　　　数	200,000 字
版　　　次	2017 年 8 月第 1 版　2023 年 10 月第 2 次印刷
定　　　价	59.00 元

如发现印装质量问题，请直接与印刷厂联系调换。
购书热线：020－37604658　37602954
花城出版社网站：http://www.fcph.com.cn

泰戈尔

泰戈尔手迹

译者前记

汤永宽

　　罗宾德罗那特·泰戈尔（Rabindranath Tagore，1861—1941）是印度伟大的诗人和戏剧家，也是一位世界闻名的文学家。他出身于加尔各答的一个地主家庭，十五岁就开始写作。在六十多年的文学生涯中，写了几十个诗集、十几部长篇小说、一百多篇短篇小说，以及不少戏剧、散文、政论等。他同时又是作曲家、画家和教育家，写过不少爱国歌曲，在印度广泛流传。但泰戈尔主要还是一位诗人。他的诗集如《新月集》《飞鸟集》《吉檀迦利》《园丁集》《游思集》等已先后在我国翻译出版。

　　《献歌集》即《吉檀迦利》，是泰戈尔首先由孟加拉语写成，1912年又由诗人自己将此诗译为英语，在加尔各答印度学会集Gitanjali，Naivédya和Kheyá三书以上及少数发表于刊物的诗作以有限的印数出版单行本。1913年3月由英国麦克米伦印刷公司出版英语版《吉檀迦利》。

译者此次据麦克米伦1953年第三版译出，英译本在书名《吉檀迦利》之下有小标题——Song Offerings，表明此诗系"奉献之歌"。前人在翻译此诗时从孟加拉语的音读译为《吉檀迦利》，而未据孟文意译，致使数十年来一般中国读者只知此诗为泰翁所作，而不知此诗之题旨何在。

译者以为此诗宜据原文意译，使读者顾名思义，故现特名之为《献歌集》，读者将从中感受到诗中洋溢着诗人对神，对大自然，对所眷爱的人呈献的赞颂；对生与死，欢乐与悲痛以及世事沧桑等的咏叹和深思，具有宗教的纯真与虔诚和哲学的深湛的思辨，《献歌集》受到广大读者的推崇和喜爱，在英语本出版的翌年即1913年诗人荣获诺贝尔文学奖。

译者于20世纪50年代始译泰氏散文诗，1957年出版《游思集》。此后因风云变幻，介绍外国文学成为禁区，翻译不得不中止。及至改革开放，于80年代续译并出版了《采果集》。此时国内百废俱兴，因职务所需，精力转向创办并主编刊物（《外国文艺》双月刊），翻译介绍工作亦侧重于欧美现当代文学，特别是现代派文学作品。

这次应花城出版社林贤治先生之约又新译泰戈尔散文诗一种，不胜欢快。我与泰翁神交五十年矣，现忽忽已八十有余，两鬓如雪，耳不聪目不明，已不堪译事之劳作，此次欣然应命，殆为我最后之译作矣。回忆五十年来从事译述，自泰翁的散文诗集始，复以泰翁的《献歌集》终，实为巧合。而从事译作达五十年，多承读者支持和关爱，在此更表示深深的感谢！

二〇〇六年十二月于上海闵行颛桥敬老院

目录 contents

献歌集

1

你使我永生不息，这样做正是你的乐趣。我这副脆弱的器皿你把它倒空，又不断地用新鲜的生命将它充盈。

这支小小的芦笛你带着翻山越谷，你用它吹奏出永葆清新的曲调。

在你双手神圣的触摸下，我小小的心感到无限喜悦，发出了不可言喻的声音。

你的数不尽的礼物都倒在我两只很小的手掌上。多少年过去了，你还在倾倒，可是仍然有空余的地方。

2

当你命令我唱歌的时候，我的心似乎因为骄傲而要破裂了，我望着你的脸，泪珠涌上我眼睛。

我生命中一切粗糙刺耳和不和谐的声音都溶化为一句甜美悦耳的和声——而我的敬慕之情像一只快乐的鸟展开翅膀飞越大海。

我知道你从我的歌声中得到欢欣。我知道我只是作为一名歌手来到你面前。

我以我歌声宽阔舒展的翅膀边沿触摸我从不敢奢望亲近的你的双脚。

歌唱的欢愉使我沉醉，使我忘乎所以，而把原是我的主人的你称作我的朋友。

3

我不知道你是怎样歌唱的，我的主人！我总是怀着噤若寒蝉的惊异倾听着。

你的音乐的光辉照亮了世界。你的音乐的生命气息吹向九天。你的音乐的神圣之流穿越一切磐石般的障碍而奔腾前进。

我的心渴望能参加你的歌唱，但是任凭我竭力想唱出声音来而徒劳无益。我愿意说话，但是话语不能化为歌曲，遭遇挫折我哭了出来。啊，你把我变成了被你永无穷尽的音乐的罗网捕捉的俘虏，我的主人！

4

我生命的生命，我将永远努力保持我身体的纯净，因为我知道你的赋予生命的触摸是遍及我全部肢体的。

我将永远努力使一切谬误摒弃于我的思想之外，因为我知道你就是在我心中点燃起理性之光的真理。

我将永远努力从我心中把一切邪恶驱除尽净，使我的爱的花朵长开不败，因为我知道你在我心灵深处的殿堂里安置了你的座位。

这也是我竭力想在我一切行动中把你显示出来，因为我知道正是你的威力给我以行动的力量。

5

我请求给予我片刻的放纵，容许我坐在你身边。我手头的工作我会留待以后完成。

看不见你的面容，我的心就得不到休息也得不到安宁，我的工作也就变成一种在茫茫无际的大海上永无中止的苦役。

今天，夏天已经带着它的叹息和低语来到了我的窗前，蜜蜂在庭院里开花的树丛中不停地歌唱。

现在正是跟你面对面安静地坐下来的时刻，在这份寂静和充溢的安闲中，歌唱生命的奉献之歌。

6

　　请采下这朵小小的花儿，把它拿去吧，别再延迟！我害怕它就要枯萎落入尘土。

　　在你的花环上它可能找不到容身之地，但请你用手指刺痛的触摸来荣耀它，把它采摘下来，我唯恐在我还没有感悟天色已暗，奉献的时间就将离去。

　　虽然花色并不浓郁，香气也是淡淡的，但请用这朵花来为你服务，及时把它摘下吧。

7

　　我的歌已经卸下她的装饰。她不炫耀她的服饰和装饰品。装饰品会损害我们的融洽。它们会来到你和我中间，那环佩丁当声会淹没你的低声细语。

　　我作为诗人的虚荣心，在你的面前已消失于羞愧之中。啊，诗人大师，我已在你脚边坐下。但愿你让我把我的生命变得纯朴而正直，像一支给你吹奏音乐的芦笛。

8

　　这个穿着王公贵族的长袍，脖子上围满了珍珠宝石项链的孩子，在游戏中失去全部乐趣；每走一步，都受到他的衣服的阻碍。

　　唯恐衣服磨损或者沾上灰尘，他不与世人接触，甚至连动都不敢动。

　　母亲，你的这种华贵服饰的束缚，如果因此把一个人与大地健康的尘土隔绝，如果因此夺去了一个人进入人类共同生活的伟大集市的权利，那是毫无裨益的。

9

哦，傻瓜，你想把你自己背在你的肩膀上！哦，乞丐你到你自己家门口去乞讨吧！

把你所有的重负放到他的双手上去吧，他能忍受一切而从不回首反顾，感到后悔。

你的欲望的气息一接触到灯火，就立刻把灯光熄灭了。这是不神圣的——千万别用不洁净的手接受你的礼物。只接受由神圣的爱所奉献的礼物。

10

这是你的脚凳，你在最贫穷，最卑贱，最绝望的人居住的地方歇脚。

当我想向你俯身施礼的时候，我的敬礼不能弯到你的双脚歇息在那最贫穷，最卑贱，最绝望的人中间的深处。

骄傲永远不能到达你穿着低廉的衣服，在最贫穷，最卑贱，最绝望的人们中间行走的地方。

我的心永远不能找到通往你在那最贫穷，最卑贱，最绝望的人们中间，与孤独无伴的人相守在一起的道路。

11

别再这样反复赞颂，别再唱歌，也别再数着念珠祈祷啦！在一座门户紧闭的庙里，你在孤独黑暗的角落向谁礼拜？睁开你的眼睛，看一看你的上帝并不在你面前！

他在种田的人正在犁开坚硬的土地的地方，在开辟道路的人正在击碎石头的地方，他在日晒雨淋中与他们在一起，他的衣衫沾满了尘土。脱下你神圣的斗篷吧，甚至像他那样去到那尘灰飞扬的泥地上去吧！

救赎？哪儿能找到这种救赎？我们的主人他本人就已经愉快地把创造的义务作为己任，他永远与我们大家休戚与共。

别再沉思冥想，把你这些鲜花和焚香撇在一边吧！如果你的衣衫破烂污损又有什么害处？去见他，去站在他身旁吧，当你干着苦活，满头大汗的时候。

12

　　我的旅行要花很长的时间，道路也很长。天色破晓时，我就乘上双轮马车启程。我的航程穿越广袤的天体，在星星和星球上留下了足迹。

　　通向你自己的最逼近的路程，是最遥远的路程，这种训练是最错综复杂的然而却能达到一支曲调般的极其简朴的境界。

　　旅行者必须敞开每一扇陌生的门，才能到达自己的门，而一个人必须走遍所有外部的大千世界才能最终达到那最深邃的殿堂。

　　我的眼睛早已远远地偏离了方向，在我闭上眼睛并且说"你原来在这里"以前。

　　这问题和呼喊"啊，在哪儿呀？"融化成千条溪流的眼泪。并用一声"我在这里！"洪水般强大的信念充盈着世界。

13

我准备唱的歌到今天还没有唱。

日复一日我把时间消磨在拧紧和放松我乐器上的琴弦。

歌曲的节拍尚未调准，歌词也未恰切地配上曲调，在我内心只有愿望的痛苦。

花儿尚未开放；只有风儿叹息着吹过。

我没有看到他的脸，也没有听到他的话语声；我只是听到我的房屋前从大路上传来他轻柔的脚步声。

漫长的白昼在地板上给地铺设座位中逝去；但是灯火犹未点亮，因此我不能请他进屋。

我怀着与他相见的希望而生活着；但是这样的相见迄今犹未实现。

14

我有很多欲望，我的央求又惹人鄙夷！但你始终以严词拒绝使我免于受人鄙夷；这种热烈的怜悯完全而彻底地与我的生命形成一体。

一天又一天，你使我变成值得拥有这些朴素而又伟大的礼物，这是你未经我央求而给予我的——这片蓝天和光明，我这具身躯，生命和心灵——使我免于因欲念过多而遭致危险。

有些时候我意兴阑珊，踌躇不前，也有些时候我惊醒过来，急切地寻找我的目标，但是你却残酷地在我面前藏了起来。

一天又一天，你通过偶尔拒绝我而使我变成值得为你所充分接受，从而使我免于遭受那种愚蠢的不可靠的欲望的危害。

15

我在这里向你唱这些歌曲。在你的这座厅堂里，我在角落里有一个座位。

在你的世界里我无事可做；我无用的生命只能迸发出漫无目的的曲调。

当时钟敲响，在夜半黑暗的寺庙中向你作寂静的礼拜的时候，请命令我，我的主人，站在你的面前歌唱。

当金色的竖琴在黎明的空气中奏响的时候，请荣耀我，命令我届时到场。

16

我接到了邀请，参加这个世界的节日，这样我的生命得到了赐福。我的眼睛已经看到，我的耳朵也已经听见。

我的角色是在这个圣节上演奏我的乐器，我尽我所能完成了。

现在，我请问，我可以进来看着你的脸，向你奉献我无声的敬意的时刻，是否最后终于来到？

17

我只是等待着爱从而最终将我自己贡献于他的手中。这就是何以时间这么晚，何以我为这样的懈怠而感到罪疚的缘故。

懈怠是自有其法律和法规的，想把我紧紧束缚住；但我总是设法避开它们，因为我只是等待着爱，好把我自己最后贡献于他的手中。

人们责怪我，说我漫不经心；我并怀疑他们的责怪自有道理。

集市已经结束，勤勉的人已经把这天的工作干完。那些来集市徒劳地唤我的人们，悻悻地回去了。我只是在等待着爱，好让我把自己最后奉献于他的手中。

18

云朵叠着云朵，天暗下来了。啊，爱人，为什么你让我孤零零在门外等待？

在中午工作的繁忙时刻，我跟人群在一起，但是在这个阴沉孤寂的日子，我希望的只是你。

如果你不愿露面让我看见，如果你把我撇在一边，不加理睬，我不知道我该怎样打发这些漫长而阴雨的时间。

我持续地注视着遥远的朦胧的天空，我的心随着不安的风彷徨哀号。

19

假若你默不作声，我将用你的沉默来充塞我的心，并忍受它。我将保持安静而且像那繁星之夜低垂着头耐心守夜，那样等待。

早晨必定会来临，黑暗也会消失，而你的话语声必将化为金色的溪流从天空倾泻而下。

于是你的话将化为歌声，从我的每个鸟巢飞出，而你美妙的音乐，也将在我所有的森林树丛中绽放出花朵。

20

　　在莲花开放那天，唉，我的心神迷失，我不知道花已开放。我的篮子空空的，花儿无人注意。

　　只是时而有一阵悲痛袭上我心头，我从梦中惊醒，感觉到南风有一股奇异芳香的美妙气息。

　　那种模糊的温柔美妙使我因渴望而心痛，在我看来这似乎是夏天为追求圆满地完成而呼出渴望的气息。

　　那时我不知道它离我那么近，实在是我自己呼出的，我也不知道这种完美的温柔，在我自己的内心深处已经开了花。

21

我必须把我的小船下水出海。在岸上没精打采地消磨时间——唉，这都是为了我!

春天已经完成了它的开花而离去，而承受着这些褪色的无用的残花的重复，现在我却在等待，在徘徊不前。

海浪已在大声喧嚷，堤岸上阴暗的小巷子里黄叶飒飒作响，飘落地面。

你定睛凝视的是什么样的空虚!你没有感觉到随着从彼岸飘来的那遥远的歌声的曲调有一种颤动正穿越长空传来?

22

在多雨的七月，你迈着诡秘的步履，在浓重的阴霾中行走，寂静的黑夜，避开所有人的眼目。

今天，早晨已经闭上了眼睛，大声呼啸的东风在不停地呼唤它，它全不在意，而一层厚厚的面纱已蒙上了永不入睡的蓝天。

森林已经停下了它们的歌唱，家家户户都关上了大门。你是这条人迹罕至的街上唯一的孤独的徒步旅人。啊，我仅有的朋友，我最倾心所爱的人，我屋子里的门都敞开着——你别像一场梦似的从我门前掠过。

23

我的朋友，你是在这个暴风雨之夜登上你的爱之旅程的吗？天空像一个绝望的人那样呻吟着。

今夜我无法成眠。我不时打开我的大门向黑暗中张望，我的朋友！

在我的前面，我一无所见。我不知道你的路在何方！

你在这条墨黑的河流什么样的幽暗的岸边，在那皱眉蹙颜的森林什么样的遥远边沿，又穿过那黑暗什么样的迷宫般的深处，选定你的路线才来到我面前的，我的朋友？

24

假若白昼已经逝去，假若鸟儿已不再歌唱，假若风儿因整天扬舞指挥而已经筋疲力尽，那么请用黑暗的面纱严严地把我盖起来，就为你在暮色苍茫中用睡眼的床单把大地裹了起来，也轻柔地把低垂的莲花的花瓣闭合一样。

旅行者的行程尚未结束，他的口粮袋已经告罄，衣衫撕裂，满身尘土，他的气力已经耗尽，请把他身上的羞愧和贫困除去吧，像一朵在仁慈之夜的覆盖下的花一样，使他的生命得到复苏。

25

在这个使人困乏的夜晚，让我毫不抗拒地将自己委之于睡眠，在你身上寄托我的信任。

别让我强迫我萎靡不振的精神准备对你作一次不像样的礼拜。

是你把夜的面纱盖在白昼的疲乏的眼睛上，好让它在醒来的更为清新的喜悦中恢复视力。

26

　　他来了并在我身边坐下，可是我没有醒过来。这是一次多么令人诅咒的沉睡，哦，我多么不幸!

　　他来时正夜深人静;他手里抱着竖琴，因此我的梦与竖琴的音乐产生了共鸣。

　　唉，为什么我的夜都像这样失去了? 啊，为什么他的呼吸触及我的睡梦而我总是没有能见到他?

27

灯，哦，灯在哪儿？用欲望的燃烧着的火把它点亮吧！

这里有盏灯，可是从未见到火焰闪烁——这就是你的命运，我的心！啊，对你来说，死比这好多啦。

苦难在敲你的门，她传达的信息是你的上帝是不眠的，他召唤你冒着黑沉沉的夜色去参加爱的约会。

天空乌云密布，雨下个不停。我不知道我内心这种激动到底是什么——我不知道其中含义。

一刹那的雷电闪烁，使天色更加黑暗，也使我视力模糊，我的心摸索着道路向那黑夜的音乐召唤我的地方走去。

灯，哦，灯在哪儿？用欲望的燃烧着的火点亮它！雷声隆隆，狂风呼啸着穿越空虚之城而去。夜是漆黑的像一块乌黑的宝石，别让时间在黑暗中虚度。请用你的生命来点燃这盏爱的灯吧。

28

那捕鱼的三层曳网是非常固执的，当我想冲破这种罗网，我感到心痛难忍。

自由是我渴求的一切，但当我希望自由的时候，我却感到羞愧不已。

我确信你拥有无价的财富，也确信你是我最好的朋友，然而我不忍心把我房间塞满的虚荣华贵而无价值的东西扫除殆尽。

我身上覆盖的是一层尘土和死亡；我厌恶它，但又珍爱地紧紧抱住它。

我债台高筑，失败惨重，受到的羞辱隐秘而又深重，然而当我启口要求赐予我幸福时，我恐惧打战，唯恐我的祈求得到允诺。

29

　　我以我的名字把他囚禁起来的这个人，正在牢里哭泣。我始终在忙碌地砌造这道四周包围的墙；随着这道墙一天天地升向天空，在这道高墙的黑暗阴影里，我看不见我的真实的存在。

　　我为这道高墙感到自豪，往墙上涂上灰尘和沙，唯恐这个名字留下一个哪怕是小小的洞，为了我这一切小心谨慎，我失去了我真实的存在。

30

　　我独自一人出门上路去赴约会。但是在这静静的黑夜里在后面跟随着我的这个人是谁？

　　我闪向一边避免与他谋面，但是我没有能躲过他。

　　他昂首阔步走着，踩得地上尘土飞扬。我说每句话他都加上大声叫嚷。

　　他就是鄙人我，我的上帝，他不知廉耻，可是我却耻于同他一起来到你的门前。

31

"囚徒，告诉我，是谁把你捆绑起来的？"

"是我的主人，"囚徒说，"我曾以为我能在财富和权力上胜过世界上任何人，我还在自己的宝库里积下了原应归于我的国王的金钱。当睡意向我袭来时，我躺到那为我的主人而设的卧榻上，等我醒来我发现自己成了一名被监禁在自己宝库里的囚徒。"

"囚徒，告诉我，是谁精心制作出这副打不破砸不烂的镣铐的？"

"是我，"囚徒说，"是我非常用心地煅造出这副镣铐的。我本以为我有不可战胜的力量，能把世人都变成俘虏，由着我自由自在不受干扰。就这样我夜以继日地用烈火炼，狠命锤，打造这副镣铐。最后大功告成，链条全都完美无缺，牢不可破了，我却发现它把我给锁住了。"

32

在这世界上那些爱我的人都千方百计设法维护我的安全。但是你的爱与众不同，比他们的都伟大，你能保持我的自由。

他们唯恐我忘记他们，他们从来不敢让我独自一个人待着，但是日子一天接着一天逝去，始终没有见到你。

假若我在祈祷中不呼唤你，假若我心里不惦记着你，你对我的爱仍旧在等待着我的爱。

33

白天的时候，他们来到我的家说，"我们只占用你这里的最小的一个房间。"

他们说，"在你向你的上帝作礼拜的时候，我们会帮助你，而且谦卑地只接受他给予的我们自己的那份恩赐。"于是他们就在一个角落里就座，他们坐得那么安静而且温顺。

但是到了夜晚，在黑暗中我发觉他们强硬而狂暴地闯入了我神圣的神殿，怀着邪恶的贪婪从上帝的祭坛上攫取供品。

34

让那留给我的只是少量的，由此我就可以称你为我的一切。

让那留给我的离去只是少量的，由此我可以在四面八方都感觉到你，每事前来向你求教，每时每刻把我的爱奉献给你。

让那把我留下的只是我很少的一部分，由此我可以对你毫无掩藏。

让那给我留下的脚镣[1]只是微乎其微，由此我与你的意志产生了密切关系，你的目的在我的生命中得到实现——这就是你的爱的脚镣。

---

[1]　脚镣（fetter），有两义：可作"脚镣"解；亦可解作"束缚、囚禁"。

35

心灵无畏的地方，头颅就抬得高；

那里知识是自由的；

那里世界没有被一道道狭窄的本国的高墙分割成碎片；

那里语言都来源于真理的深处；

那里永不疲倦的奋斗精神将其双臂伸向完美；

那里理性的清澈的溪流没有迷途流入废旧风习的阴沉凄凉的沙漠沙砾之中；

那里心灵在你的引导下，前进进入永远宽阔的思想与行动——

进入自由的天国，我的天父，请让我的祖国醒来吧。

36

这是我向你作的祈祷，我的主——请铲除我内心贫乏的根子。

请稍微给我些力量，使我能承受我的欢乐和悲伤。

请给予我力量，使我的爱能在服务中富有成果。

请赐予我力量，使我永远不否认穷人或者在骄横的强权面前卑躬屈膝。

请给予我力量，使我能提高我的心灵，高出于日常琐事。

也请赐予我力量，便我的力量得以满怀着爱屈服于你的意志。

37

　　我曾以为我的旅行已经达到了我力量的最终极限——在我前面的通道已经关闭，口粮也已经告罄，到了去到寂静的暗处藏身的时候了。

　　但是我发现你的志愿在我的内心并无止境。当陈旧的语言在舌头上消失时，新的曲调就从心头迸发；在古老的小道消失的地方，新的地区就会以新的奇迹出现。

38

　　我需要你，只要你——让我不停地重复这句话。一切使我日夜心烦意乱的欲望就核心而言，都是假的，空的。

　　犹如黑夜隐藏在黑暗中而不住地祈求光明，即使这样，在我下意识深处仍旧响彻着这一声呼喊——我需要，只要你。

　　犹如暴风雨在以它全部力量打击和平之际，仍旧寻求和平的结束一样，即使为此，我的反叛打击着你的爱，而它的呼喊仍然是——我需要你，只要你。

39

当心硬了，而且变得干枯起来，请你到我这里来并给我一场仁慈的甘霖。

当生命失去了优美，请你来到我这里欢声歌唱一曲。

当喧闹的工作在四面八方扬起扰人的嘈杂声，把我关闭起来与外界隔绝时，我静默的主啊，请来到我身边，为我带来和平与休憩。

当我乞丐般的心蜷缩地坐在一个关闭着的角落里，我的国王，请你推开那关闭的门，并以一位国王的威仪来临吧。

当欲望的幻想和尘埃使心灵盲目失明的时候，啊，你这神圣的人，永不入眠的人，请你为我带来你的光明和响雷。

40

　　我的上帝，在我干旱的心田，雨水一连多天不见降临。地平线赤裸裸的——看不见一丝轻柔云层的覆盖，看不见会从远处带来一场清凉的阵雨的迹象。

　　请把你那死般黑暗的愤怒的暴风雨送来吧，如果这是你意愿，并请用闪电的鞭子把天空打得满天惊跳起来吧。

　　但是，请唤回，我的主，请唤回这弥漫的静默无声的热气，它静止不动，强烈而又残酷，怀着不祥的绝望烧灼着心田，让恩惠之云从上空低低弯下身来，像父亲发怒的日子里母亲的饮泣的面容。

41

　　我的情人，你在他们大家后面，把自己藏身在阴影之中站立着，那儿是什么地方？他们在尘土飞扬的大道上推搡你，从你身边挤过去，全不把你当回事。我在这里厌倦的时间中等待着，一面布置奉献给你的礼物，而过往的路人跑来拿走了我的鲜花，一株又一株地，我的篮子里几乎空了。

　　早晨的时间过去了，中午也过去了。在傍晚的阴影里我的眼睛睡意惺忪。回家的人们看了我一眼，微微笑着，使我满脸羞愧。我像一个乞讨的姑娘，把裙子拉起来蒙住了脸，他们问我需要什么，我垂下眼睛，没有回答他们。

　　啊，说实在的，我怎能告诉他们，说我是在等你，说你答应我要来的。我怎能不知羞愧告诉他们说我把这份贫乏作为嫁妆。啊，我把这份骄傲紧紧抱在我内心最深处。

　　我坐在草地上，仰望天空，梦见你来到时突然光芒四射——所有的灯火都闪耀发光，金色的旗帜在你的车子上空飘扬，他们目瞪口呆地站在路旁，看着你走下车来，把我从尘土中挠起来，把这个衣衫褴褛的乞讨姑娘安放在你身边，又是骄傲又是羞惭，在夏天的微风中像一棵攀缘植物那样颤抖。

　　但是时间在悄悄过去，仍然听不见你双轮马车的车轮声。历来有多少行进的队伍从人们面前经过，发出喧哗声，叫喊声，极尽其荣耀显赫的魅力，难道只有你愿意在阴影中一声不响地站在所有人们后面？难道也只有我要在徒然的渴望中等待和哭泣而心力交瘁吗？

42

那天早晨我们悄悄地说我们要驾一只小船出航，只有你和我，世上绝没有一个人会知道我们这次朝圣既不去任何国家，也没有具体目标。

在那无边际的海洋上，在你静静地合着微笑倾听时，我的歌声会在曲调中膨胀，像海波一般自由奔放，不受一切语言的束缚。

是不是时间还没有到？还有工作要做？看啊，黄昏已降临岸滩，在渐渐暗淡的光线下，海鸟正向着它们的巢中飞来。

谁知道什么时候锚链脱落，小船像夕阳的最后余晖一样，消失于黑夜之中？

43

这是我没有让自己随时作好准备迎接你的日子，事先没有吩咐，甚至像一个我不认识的普通群众，就进入了我心，我的国王，你实在在我生命中许多疾逝的瞬间盖上了你永恒的印章。

而今天，我偶然遇到了它们，并且看到了你的签名，我发现它们散落在尘埃之中，混合着已被我遗忘的琐屑岁月的欢乐与悲痛的记忆。

你没有从我在童年时代在尘埃中所作的游戏鄙夷地别转身去，而我曾在游戏室听到的脚步声，跟那些从星星之间传来的回音一样。

44

这是我的乐趣，就像这样在路边等待着，注视着，那儿阴影追逐着光线，而雨水跟在夏天的后面降临。

那些使者从无名的天际带来了消息，向我致意，随即沿着大路疾行而去。我心里暗暗欣喜，而吹拂的微风是温柔的。

从黎明到薄暮，我坐在这里我的门前。我知道一个幸福的瞬间就要来临，那时我会明白。

在此期间，我莞尔而笑，我独自歌唱。在此期间，空气中充满了许诺的芳香。

45

你没有听到他悄悄的脚步声吗？他来了，来了，的确来了。

每一瞬间和每一时代，每天和每夜，他都来了，来了，的确来了。

多少支歌我已经在多少个不同心态下唱过，但是它们所有的音调都始终在宣布："他来了，来了，的确来了。"

在阳光灿烂的四月芳香的日子里，穿过森林中的小径，他来了，来了，确实来了。

在七月多雨的阴暗的夜晚，乘着乌云的隆隆作响的马车，他来了，来了，的确来了。

在悲痛接踵而来的时候，压在我心头的正是他的步履，而使我的喜悦熠熠生辉的正是两脚的点金妙术。

46

　　我不知道你是从什么遥远的年代就向我走来与我相见的。你的太阳和群星决不能把你永远藏起来不让我见。

　　多少个早晨和傍晚听到你的脚步声，你的使者来到我的心里，暗中呼唤我。

　　我不知道何以今天我的生命竟然一片骚乱，有一阵令人颤抖的喜悦流过我的心头。

　　这似乎意味着结束我的工作的时刻已经来到了，我闻到由于你亲切的存在，空气中有一种淡淡的香气。

47

在我徒然等待他的时候，夜几乎已经消逝。我唯恐他在早晨突然来到我门前，那时我却因疲惫而酣然熟睡。啊，朋友们，请给他让开路——别妨碍他。

假若他的脚步声没有惊醒我，别企图搅醒我，我求你们。我不愿让鸟儿的喧闹声，不愿让那庆祝晨光来临而欢闹的风声把我从睡梦中唤醒。让我不受干扰地睡着，即使我的主人突然来到我的门前。

啊，我的睡眠，宝贵的睡眠，它只有等他的触摸才能消失。当他像梦一般地从睡眠的甜乡中出现站在我面前，只有他满脸笑容的光芒才能使我闭着的眼睛睁开。

让他像一切光和一切形状中最先的一个出现在我眼前。让最先给予我苏醒的灵魂以欢乐的来自他的一瞥。也让我的回归到自己，成为立即回归到他。

48

　　宁静的清晨之海变成鸟儿歌声的粼粼水波；路边的鲜花一片欢乐；黄金的财宝透过云彩似缝隙撒播开去，而我们忙着赶路无暇顾及。

　　我们没有唱任何快乐的歌，没有作任何游戏，也没有进村去交换货物；我们没有说一句话，也没有笑一笑；我们没有在路上逗留。随着时间飞逝，我们也一步紧似一步加快我们的步伐。

　　太阳已升到中天，鸽子都躲到树阴中乘凉。枯萎的树叶在中午灼热的空气中飞舞旋转。特别在榕树阴里睡意浓浓做着美梦。我自己则躺在河边，在草地上伸展着疲劳的四肢。

　　我的同伴们嘲笑我；他们高昂着头匆匆向前赶路，他们绝不回头反顾也不休息，消失在远处蔚蓝色的暮霭中了。他们穿越了多少草地和山谷，经过不少陌生的遥远地区。光荣归于你们，在这条永无止境的道路上行走的英勇人群！嘲笑和责备激励我站起身来，但是我发觉我内心并无反应。我让自己迷失于一种凉凉的快意的屈辱之中——一种近似模糊的愉快。

阳光渲染的绿色幽暗显出的宁静，慢慢地充满了我的心田。我忘记了我为什么旅行来着，我毫无抗拒地屈服于这影子和歌声的迷津。

最后我从瞌睡中醒来，我睁开眼睛看见你正站在我身边，用微笑沉浸着我的睡眠。我曾经多么害怕这条来到你面前的道路有多漫长疲惫而且需要进行多么艰辛的斗争！

49

你从你的宝座上走下来，站在我的茅屋门前。

我正独自一个人在角落里唱着歌。那美妙的曲调吸引了你的耳朵。你走下来，站在我的门前。

在你的厅堂里音乐大师多的是，那里整天唱着歌。但是我这个新手唱出的简单的颂歌却打动了你的爱。一小段哀婉的乐曲与世间伟大的音乐相融合，于是以一朵鲜花作为奖品，你走下来在我茅屋门口停步。

50

　　我沿着这条村子小路逐户地乞讨，这时你金色的双轮马车在远处出现像一出灿烂的梦，我不知道这位众王之王是谁？

　　我的希望提得高高的，我想我的不幸的日子已经到了尽头，于是我伫立着等待那不用请求就会给予的施舍和四面八方撒在尘土中的财富。

　　马车在我站立的地方停了下来。你匆匆看了一眼，含笑着走下车来。我感到我生命的好运终于来临。这时你突然伸出右手说，"你有什么东西给我吗？"

　　啊，这是开的一个多大的玩笑，一位国王开的玩笑，你竟然张开手掌向一个乞丐乞讨！我不知所措，犹豫不决地站在那里，接着从我的行囊里取出一粒最小的稻谷，把它给了你。

　　但是当白昼将尽，我把行囊放在地上把它倒空时，在那一堆微不足道的什物中间居然有一粒金子。我痛哭起来，我但愿当时我有勇气把我所有的一切都给了你。

夜色深沉，我们白天的工作已经完成。我们原以为最后一位客人已经来到这里过夜，因此村子家家户户都已关上大门。不过有人却说，今夜国王要驾临。我们都笑了起来，说："不，这不可能！"

似乎有敲门声，我们说那不过是风声。我们吹灭了灯，躺下睡觉，可是有人说，"那是使者！"我们笑了起来，说，"不，那准是风！"

寂静的夜传来一声响，我们睡意迷蒙地以为那是远处的雷声。大地震动起来了，墙壁摇晃着，这一切在我们的睡眠中困扰着我们，只是有人说那是车轮辘辘声。我们在睡意正浓中喃喃地说，"不，那准是云朵的辘辘声！"

鼓声响起的时候，夜仍是一片黑暗。接着传来人语声，"醒来吧！别再延误了！"我们双手抱住胸口，吓得发抖。有人说，"瞧啊，那不是国王的旗帜吗？"我们起身站立起来，一面喊道，"快啊，没有时间耽搁了！"

国王已经驾临——可是那辉煌的灯火在哪儿，花环又在哪儿？给他安坐的宝座在哪儿？啊，真丢人！真丢煞人！会堂大厅在哪儿，还有张灯结彩又在哪儿？有人说了，说"这样大声叫嚷，完全是出于虚荣！就凭空用双手向他致敬问候，把他引到你们那些充满了的房间里去吧！"

打开大门，吹响海螺！夜深人静，国王来到了我们的黑暗冷清的家里。雷声在天空轰然震响，黑暗与闪电一起颤抖。拿出你们破烂席子把它铺在天井里。随着暴风雨来临，我们这位可怕黑夜的国王突然来到了。

52

　　我曾想向你求索——但是我不敢——那只围在你的颈脖上的玫瑰花环。因此我一早就等待着，等你确是离开了，便到床上去寻找几片花瓣。而俨然像一个乞丐，我在黎明只想捡到一两片零碎的花瓣。

　　哎哟，我发现的是什么？你的爱留下的信物是什么？没有花，没有香料，没有香水瓶。而是你非凡的宝剑，像火焰般闪烁，像云雷的一声霹雳般沉重。朝气蓬勃的晨光穿过窗口照射在你的床上。早晨的鸟儿在啾鸣，问我"女人，你获得了什么？"没有，没有鲜花，没有香料，也没有香水瓶——只有你那把可怕的剑。

　　我坐下来，感到迷惑不解，你的这件礼物是什么。我找不到把它藏起来的地方。我羞于佩戴它。我的身子很脆弱，我把它紧紧贴在我的胸前，会伤了我。然而我会把这份痛苦负担的荣誉——把你的这件礼物牢记心中。

　　从现在起，在这世间就再没有能使我恐惧的东西了，而你在我所有的奋斗中都将成为赢得胜利的象征。你为我的同伴留下了死亡，我将以我的生命表彰他。你的剑将为我斩断我的束缚。这样世间就没有留下任何使我惧怕的东西了。

从现在起，我弃绝一切卑微的装饰品。我心中的主，我不用再等待和在角落里哭泣了，不再需要行为态度的羞怯与温柔。你已经把剑给我作了装饰品，用不着再给我玩偶的装饰品了。

53

你的手镯真美，装饰着星星和巧妙地制作镶嵌的五颜六色的宝石。但是在我看来更美的是你的剑，上面镌刻着弧形的闪电，像毗瑟挐[1]的神鸟展开双翼完美无瑕地栖立在夕阳鲜红的晚霞之中。

它像在死神的最后一击之下，在痛苦的狂喜中生命的最后一次反应那样颤抖着，它像生命的纯火以一次强劲闪现烧光了尘世的意念那样闪耀着。

你的手镯真美，装饰着星星般闪烁的宝石；但是你的剑，啊，雷电之神，却由极度的美制作而成，使人不敢逼视，也不敢想象。

---

[1]　毗瑟挐（Vishnw），印度教主神之一，守护神。

54

　　我不向你提出任何要求；我不向你的耳朵说出我的名字。当你离去时，我悄然无语地站立着。我独自躲在泉边，这里树影欹斜，女人们提着赤褐色的汲满水的瓦罐回家去了。她们呼喊我，大声叫着，"跟我们来吧，早晨一点点过去，快到中午啦。"可是我陷于一种含糊不清的沉思之中，没精打采地滞留了一会儿。

　　你来时，我没有听到你的脚步声。你的眼睛落在我身上时露出悲痛的神色；你低声说话，你的声调显得很疲劳——"啊，我是一个口渴的旅人。"我从白日梦中惊醒，从我的水缸中把水倒入你并拢的手掌中。头顶上空树叶瑟瑟作响；布谷鸟从看不清黑暗处唱着歌儿，从大路的弯曲处，飘来巴勃拉花[1]的芳香。

---

[1]　巴勃拉花（Babla），一种芳香的印度花草，译名待查。

当你问起我的名字时，我站立着含羞无语。的确，我为你做了些什么，使我能留在你记忆中呢？但是我能给你水喝，缓解你的干渴，这记忆将滞留在我心中，并为柔情所笼罩。早晨的时光已晚，鸟儿唱出倦怠的调子，头顶上空尼姆树叶飒飒作响，于是我坐下来，想了又想。

55

倦怠压上你心头，睡意仍旧滞留在你眼中。

鲜花正以灿烂的光辉统治着荆棘丛，这句话没有传到你的身边吗？醒来，啊，醒来吧！别让时间白白虚度！

在石砌小路尽头，在无人经历过的孤寂的地方，我的朋友正独自一个人坐着。别欺骗他，醒来，啊，醒来吧！

假若这天空因太阳的灼热而喘息和颤抖——假若这火般燃烧的沙地抖开它干渴的斗篷——该怎么办？

在你内心深处没有欢乐吗？在你的脚步每次落地的时候，那道路的竖琴会不会发出痛苦的美妙音乐？

56

你的欢乐就像这样在我内心显得如此丰富，你就像这样来到了我的身边。哦，你这九天之神，如果我不是你的爱，那你的爱又将在哪里？

你已将我作为分享你所有的财富的伙伴。在我的心中，是你的欢乐的永无停息的游戏，在我的生命中，你的宏愿永远在开始成形之中。

而为了这个缘故，你这众王之王，已把自己打扮得美丽动人，以此来俘获我的心。为了这，你的爱把自身迷失在你情人的爱情中。于是在这里人们在这两者完美的融合之中见到了你。

57

光啊，我的光，这充满世界的光，这以眼睛亲吻万物的
光，这能使心灵甜美的光！

啊，光在舞蹈，我的心爱的，在我生命的中心舞蹈；我
的心爱的，光在拨动着我的爱的琴弦；天空开放了，风恣意
地吹着，笑声飘过大地。

蝴蝶在光的大海上张起了风帆。百合花和茉莉花在光的
波浪尖峰上汹涌起伏。

光在每一朵云彩上被粉碎成片片黄金，我的心爱的，变
成大量的珠宝撒向大地。

欢笑从一片又一片的绿叶传播开来，我心爱的，兴高采
烈达到了极度。那无际的河流淹没了堤岸，欢乐的洪流涌向
四面八方。

58

　　让一切欢乐的曲调融入我最后的歌中——那使大地充溢变为一片葱郁茂盛的绿草的欢乐，那安排生与死这两个孪生兄弟在这辽阔的世界各地跳舞的欢乐，那随着暴风雨而扫来，以大笑声震醒一切生命的欢乐，那噙着泪珠儿静坐在痛苦的开放的红色莲花之上的欢乐，和那把它所有的一切都要弃在尘土中而不知如何言说的欢乐。

59

是的，我知道，这完全出于你的爱。我心头亲爱的人，才有这道在绿叶上舞蹈的金色光芒，才有这些飘过天空的游云，才有这阵向我吹来在我额角留下清凉的微风。

晨光充盈了我的眼睛——这是你给我的心结束的信息。你的脸从上面俯首向着我，你的眼睛往下看着我的眼睛，而我的心碰到了你的双足。

60[1]

　　在这生生不息的大千世界的海边孩子们会见了。浩渺的天空在上空凝然不动而永不停歇的流水却喧嚣着前进。在生生不息的世界的海边孩子们大声呼喊着，跳着舞。

　　他们用沙造房子，用空贝壳玩耍。他们用枯萎的树叶编织小船。然后微笑着把那些小船放到深邃的海上漂浮。孩子们在这世界的海边有他们自己的游戏。

　　他们不知道怎样游泳，他们也不知道怎样撒网。那采集珍珠的人泅入大海采珠，商人们乘坐自己的轮船航海，而孩子们收集卵石，又把卵石重新扔掉。他们不寻找隐藏的财宝，他们不知道怎样撒网。

　　大海波涛滚滚，发出大笑声，而淡淡的微光是海滩的微

---

[1]　自60首至62首，本诗集1955年英国麦克米伦版："collected Poems Plays of R.Tagore"一书中删去，现据1953年版译出供参考——译者注。

笑。贩卖死亡的海浪给孩子们唱着毫无意义的民谣，就像一个母亲在摇着婴儿的摇篮时那样，大海跟孩子们一起玩耍。淡淡的微光闪现着海滩的微笑。

在生生不息的大千世界的海滨孩子们相会了。暴风雨在无路的天空漫游，轮船在没有航迹的海上失事，死亡是常有的，而孩子们则在玩耍。在生生不息的大千世界的海滨进行着孩子们的盛大聚会。

61

　　轻盈地飞跃在婴儿眼睛上的睡眠——有没有人能知道那是从哪儿来的？是的，有这样一种传说，在那小神仙村落，在森林的阴暗处被萤火虫微微照亮的地方是它的居处，那儿悬挂着两个施过魔法的羞涩的未开放的蓓蕾，就是从这里飞去吻婴儿的眼睛的。

　　婴儿熟睡时在他嘴唇上跳动着的微笑——有没有人能知道是从哪儿产生的？是的，有一种传说，一道新月的淡淡的光碰上一朵即将消失的秋云，于是微笑便第一次出生在一个带露的早晨的梦中——这就是婴儿在熟睡中闪现在他嘴唇上的微笑。

　　那在婴孩的四肢上闪光发亮的美丽而温柔的清新之感——有没有人能知道它这么长久隐藏在哪儿吗？是的，当这母亲还是一个年轻姑娘的时候，它就以爱的温情和宁静的奥秘渗透了她的心怀——是这种美丽而温柔的清新在婴孩的四肢发光闪亮。

62

　　我的孩子，在我把这些彩色的玩具拿给你的时候，我懂得为什么在云彩上，在水面上有像这样的一种色彩的游戏，为什么花卉总是画成五光十色的——在我把彩色的玩具给你的时候，我的孩子。

　　在我唱起歌儿让你跳舞的时候，我真的懂得了为什么在树叶丛中有音乐在，为什么波浪把它们的合唱的歌声传送到倾听的大地心中——在我唱起歌儿让你跳舞的时候。

　　在我把那些甜美的东西放到你贪婪的手中时，我知道为什么鲜花的花萼里有蜜，为什么果实里总是悄悄地充满着甜美的汁液——在我把甜美的东西放到你贪婪的手中的时候。

　　在我亲吻你的脸孔逗你笑的时候，我的心爱的，我确实懂得了在晨光熹微时，那来自天空的万道光线的欢乐，以及夏日的微风吹向我的躯体时感觉到的快意——在我吻你使你微笑的时候。

63

　　你使我不认识的朋友熟悉我。你在那些并非是我自己的家里给我安置了座位。你把那遥远的变为亲近的，把陌生人当作为兄弟。

　　当我必须离开我惯常赖以庇护的处所时，我内心感到不安，我忘记了那新的其中自有旧的在，而你也在其中。

　　在这个世界或是别的地方，从生到死，不论你把我引向何方，你都是我生生不息的生命的同一的、唯一的同伴，始终用欢乐的纽带把我的心跟我不熟悉的人联结在一起。

　　当人们认识了你，就没有一个是陌生的，就没有一扇大门是关闭的。啊，请应允我们祈求，决不要让我在众人影响中失去我与这个人接近的福祉。

64

　　在高高的野草丛中，在那条孤寂的小河的斜坡上，我问她，"姑娘，你用斗篷遮着手里的灯准备上哪儿去啊？我的屋子漆黑一片，而且孤独无伴——把你的灯借给我吧！"她抬起她那黑沉沉的眼睛停了一会儿，在苍茫的暮色中朝我的脸看了一下。"我到这条河上来。"她说，"是等白天消逝在西方的时候，把我这盏灯放在水上漂流。"我独自站立在高高的野草丛中注视她那盏灯微弱的火焰毫无裨益地在波浪中漂流着。

　　在夜幕四合的寂静中我问她，"姑娘，你的灯都点亮了——那你掌了灯打算上哪儿去呢？我的屋子一片漆黑。孤零零没一个人——把你的灯借给我吧。"她抬起她那黑津津的眼睛在我脸上看了一下疑惑地站了一会儿。"我来到这里，"她最后说道，"是要把我的灯奉献给天国。"我伫立着，并注视着她的灯，白白地在空虚中燃烧着。

　　在夜半无月的黑暗中，我问她。"姑娘，你这样把灯凑近你的心提着，你要寻找什么？我的屋子一片漆黑，而且孤零零的没有一个人作伴——把你的灯借给我吧。"她停步了一会儿。在黑暗中沉思着并凝视着我的脸。"我带了灯。"她说，"是去参加灯火嘉年华会的。"我伫立着，注视着她那盏灯徒然地消失在万盏灯火之中。

65

从我这只满溢着生命之酒的杯里，我的上帝，你想喝哪种神圣的醇酒？

我的诗人，透过我的眼睛看你的创造，站在我的耳朵的门口悄悄地倾听你自己的永恒的和谐，这是不是就是你的快乐？

你在世间的生活就是在我的心中编织语言，而你的欢愉就是给语言加上音乐。你怀着爱把自己给了我，然后在我的身上感觉到你自己的全部优美。

66

在清晨微明的闪光中，她永远留在我生存的深处。她在早晨的光线下从不揭开她的面纱，我的上帝，她将我献给你的最后的礼物，包藏在我最终的歌声里。

说了多少话向她求爱，可是没有能赢得她，说服向她张开渴切的双臂，也徒劳无益。

我把她藏在我内心深处去异国他乡漫游，我的生命成长和衰退围绕着她上升和坠落。

她统治着我的思想和行动，我的睡眠和梦寐，而自己却孤身独处，离群独居。

有多少人来敲我的门，要求见到她，但都失望而去。

世上没有一个人曾面对面见到她，她兀自保持着她的孤独等待你去认识。

67

你是天堂，你也是安适的窝。

啊，你这美丽的人儿，在那窝里用色彩、声音和气味把灵魂围住的是你的爱。

这天早晨她右手挽着金色的篮子，篮子放着美丽的花环。她悄悄地给大地戴上花环。

随后黄昏来临，她等过牛羊已经离去的荒僻草地，通过人迹罕至的小道，提着她的盛满和平清凉的饮水的金色水罐，从西方安息之海来了。

但是，在无垠的天空为了灵魂得以飞翔而展开的地方，统治着洁白无瑕的纯白的光辉。这里没有白昼也没有黑夜，也没有形状和色彩，绝没有。绝没有一句话语。

68

　　你的阳光以张开的双臂来到我的大地，漫漫长昼伫立在我的门前，为的是要把由我的眼泪和叹息和歌声结成的云彩带回到你的脚边。

　　怀着爱怜的欢愉你把薄雾般的云朵的披风包住你星光闪耀的胸前，然后把那披风变为数不清的形状和折皱，着上变幻不定的色彩。

　　它是那么轻柔，那么疾风易逝，温柔而又令人悲痛，又是那么黑暗，这就是为什么你那么爱它，啊，你是纯净无瑕，而又宁静。这也是为什么它可能用它哀婉动人的影子盖上你那令人敬畏的白色光辉的原因。

69

那日夜流贯我的血管的同一股生命之流，以有节奏的拍子舞蹈着流贯世界。

欢乐地透过大地的尘土长出无数绿草叶片的生命，与突然化为绿叶和鲜花的波涛的是同一个生命。

在生与死的海洋般的摇篮中摇晃着的，与在潮涨与潮落中摇晃着的是同一个生命。

我感到我的肢体因为被这个世界的触摸而变得无上光荣。而我的骄傲来自多少世代以来的生命搏动此刻正在我血流中跳动。

70

因这种节奏的快乐而感到欣喜，是不是出乎你能力之外？是不是在这种非凡的欢乐的骚动中受到扰乱而迷惘和沮丧，非你所能忍受？

世间万事匆匆，它们从不停步，它们从不回头反顾，没有力量能把它们挡住，它们一味匆匆向前。

与那永不停息的、快速的音乐保持同步，四季舞蹈而来又重新逝去——色彩，曲调，芳香在每时每刻都在散播、抛弃和消亡的大量欢乐中倾注入长流不息的瀑布之中。

71

认为我应该充分发挥自己并且用之于一切方面，由此把彩色的影子投射到你的灿烂的光辉上——这就是你的幻想。

你在自己的存在中设置了一道屏障，然后用无数种口气来呼唤你这种被分隔的自我。你这种自我分隔已在我身上得到体现。

刻骨铭心的歌声响彻天际，包含着五颜六色的眼泪和微笑，警告和希望；波涛掀起又下落，梦境破碎又重形成，在我的身上是你自己的失败的自我。

你拉下的这道帷幕用黑夜与白昼的画笔画上了无数形象，帷幕后面，你的座位由奇妙神秘的曲线编织而成，摒弃了一切没有吸引力的直通通的线条。

画有你和我的巨大挂帐已经铺展在天空。整个天空伴随着你和我的歌声是一片震动，而一切世代都在你我之间的躲藏和寻找而逝去。

72

正是他，这个内心深藏的人，用他极其神秘的触摸唤醒了我的存在。

正是他用魔法施之于这双眼睛，并欢快地在我的心弦上弹奏出各种不同的欢乐和痛苦的调子。

正是他用金、银、蓝、绿这些迅即消失的颜色编起这种虚幻的网，并让我们通过他交叠的双足窥视外界，在这双足碰触下我忘记了自己。

日子一天天来临，时代一个个逝去，而用多少个名义，多少个伪装，多少回欢乐与悲痛的销魂夺魄来感动我的心怀的，却永远是他。

73

在自我克制中求得解脱并不是我所需要的。我在一千重欢愉的束缚中感觉到自由在拥抱我。

你永远把你各种不同颜色和香味的清新的醇酒给我斟满这只陶制酒杯。

我的世界将用你的火焰点亮它那一百盏灯火，并把它们放置在你寺庙的祭坛之前。

不，我绝不关上我的知觉之门。视觉、听觉和触觉的愉快中自有你的愉快在。

是的，我的一切错觉都将燃成欢乐的灯彩，而我所有的欲望都将成熟结出爱的果实。

74

白昼已尽，阴影笼罩大地。这是到河边去把我的水罐灌满的时候了。黄昏的空气渴望那流水的哀伤的音乐。啊，它召唤我出门到这苍茫的暮色中来。在僻静的小巷里，没有行人经过，起风了，河里微波粼粼。

我不知道我是否就要回家。我不知道我将与谁邂逅相遇。在可以徒步涉水的地方有只小船，船里那个不相识的人在弹奏琵琶。

75

你赠送给我们凡人的礼物能满足我们一切需要，然而它们又会丝毫无损地流回到你手中。

河每天有它的日常工作要做，它匆匆流过田野和村庄；然而它那持续不断的水流却蜿蜒曲折地流向你濯足的地方。

鲜花以它的芳香使空气变得香气馥郁，然而它最后的贡献却是自己呈献给你。

对你的崇敬不会使世界贫困。

人们从诗人的语言挑选能使他们高兴的涵义，然而这些语言最终的意义则是指向你。

76

日子一天又一天过去，啊，我生命的主，我能面对面地站在你面前吗？啊，全世界的主，我能双手合十面对面地站在你面前吗？

在你辽阔的天空下。在孤独和寂静中，怀着谦恭的心我能面对面站在你面前吗？

在你的这个勤劳的世界，因为劳累与纷争而一片喧哗，在来去匆匆的人群中，我能面对面站在你面前吗？

而当我在这个世界行将完成任务时，啊，众王之王，我能独自一人，默默无语地和你面对面站在你面前吗？

77

　　我知道你是我的上帝，因此远远地站开——我不知道你就是我的，于是向你走近。我知道你是我的父亲，便俯身匍匐在你足下——我没有握你的手像对待我的朋友那样。

　　我没有站在你降临的地方等候，声称你是属于我的，并把你视作亲爱的同伴而抱在我的怀里。

　　你是我兄弟中的兄弟，但是我不注意他们，我不把我挣得的财物分给他们，这样就把我的一切与你共享。

　　在欢乐中和在痛苦中，我不站在众人一边，这样我就站在你一边。我怯于舍弃生命，这样我就没有纵身投入伟大的生命海洋。

78

　　当这创造的世界还是新的，所有的星星也都以它们初始的光芒在天空闪耀的时候，众神在天国举行集会并唱起了"啊，完美的画图！纯洁无瑕的欢乐！"

　　但是其中有一位突然叫起来——"似乎不知道在什么地方光环出现了断裂，一颗星星已经失落了。"

　　他们的竖琴的金色琴弦叭的一声折断了。他们的歌声也停止了，在惊愕中他们高喊——"是啊，失落的那颗星星是最亮的，她是整个天国的光荣！"

　　从那天起，开始不停地寻找那颗星，人们一个接一个地不断叫喊，说由于她的失落，世上失去了一份欢乐。

　　只是在夜深人静的时候，群星笑着在他们中间悄悄地低声说道——"这种寻找是枉费心机！完整无缺的尽善尽美宣告结束！"

79

　　如果在我今生遇见你不是我的命运，那么让我永远感觉到我错过了与你见面的机会——让我一刻也不要忘记，让我在梦里和在清醒的时刻都怀着这种悲伤的痛苦。

　　随着我在这个世界熙熙攘攘的市场中度过的日子，我的手里满满的都是我日常所得的赢利，让我永远这样感觉。我一无所得——让我一刻也不要忘记，让我在梦里和在清醒的时刻都怀着这种悲伤的痛苦。

　　当我坐在路边，疲惫而气喘吁吁时，当我在土地上低低地铺设我的卧床时，让我永远感到我的前面还有漫长的旅程——让我一刻也不要忘记，让我在梦中和清醒的时刻怀着这种悲伤的痛苦。

　　当我的房间装饰一新，房间里响起了悠扬的长笛声和笑声，让我永远感到我没有邀请你到我家里来——让我一刻也不要忘记，让我怀着这种悲伤的痛苦，在梦里和在我清醒的时刻。

80

　　我像一朵秋天的残云，徒然在天空中漫游，啊，我的永远辉煌的太阳！你的触摸还没有把我的雾气融化掉，使我能与你的光辉合成一体，由此计算我与你分离的岁月。

　　假若这是你的愿望，假若这是你的游戏，那么就把我的这种易逝的空虚拿去，画上色彩，镀上金子，把它交给飘忽不定的风，让它飘浮，化为各种不同的奇观散布开去。

　　再就是到了夜晚，你想要结束这场游戏的时候，我就将在黑暗中，或者可能在乳白色的早晨的微笑中，在透明的纯净和清凉中溶化和消失。

81

在多少个闲暇的日子，我曾哀悼失去的时间。但是时间
从没有失去，我的主。你把我的生命的每一瞬间都掌握在你
的手中。

深藏在万物的心中，你培育种子使它发芽茁长，使花苞
开花，使花朵成熟结果。

我感到疲倦，躺在我空闲的床上，想象一切工作都已停
止。我早晨醒来，发现我的花园里开满奇花异卉。

82

在你的手里，时间永无穷尽，我的主。没有谁能计算你的分秒。

多少个白昼与黑夜消逝，多少个时代鼎盛大衰落，宛如花开花落。你懂得怎样等待。

你的世纪一个接一个互相追随着使一株野花臻于尽善尽美。

我们没有时间丧失了，正由于没有时间我们必须争取机遇。我们太穷了。禁不起延宕时间。

由于此，当我把时间给予每个爱发牢骚，要求时间的人的时候，时间却过去了，而你的祭坛最后空空如也，没有任何贡献的祭品。

一天将尽，我匆匆赶路，唯恐你的大门已经关闭，但是我发现时间还早。

83

母亲，我想用我悲痛的泪珠给你编一串珍珠项链围在你脖子上。

繁星已经精心制作了它们的光的脚镯以装饰你的双脚，但是我的项链将悬挂在你的胸前。

财富与名声来自于你，给予或拒绝全在于你。但是我的这份悲痛却绝对地属于我自己。因此当我将它带给你作为我的奉献时，你报之以恩宠。

84

是分离的悲痛遍布世界，并在浩渺无垠的天空生成数不尽的形状。

是这种分离的悲伤彻夜在寂静中一颗又一颗地凝视着星星，在七月多雨的黑夜中，在飒飒作响的树丛中变成了激情奔放的抒情歌曲。

是这种铺天盖地的痛苦深深渗入爱和欲望，渗入人类家庭的苦难和欢乐；而通过我诗人的心永远融化并流进歌曲的也正是这种痛苦。

85

当武士们从他们主人的厅堂刚走出来的时候，他们的威力藏在哪里呢？他们的甲胄和兵器又藏在哪里呢？

他们显得可怜而且无助，那天他们从主人的厅堂出现时箭矢如雨般落在他们身上。

当武士们列队回到他们主人的厅堂时，他们的威力又藏在哪里？

他们放下了刀剑，放下了弓矢；和平闪现在他们的额角，那天他们列队重新回到主人的厅堂的时候，已经把自己生命的果实留在身后了。

86

死神，你的仆人，来到我的门口，他渡越不知名的海洋把你的召唤带到了我家。

夜色深沉，我心中畏惧——然而我掌了灯，打开家门，向他俯首迎进。是你的使者站在我的门口。

我要合掌含着眼泪向他礼拜，我要把我心中的宝藏呈献在他的脚下向他礼拜。

他们使命完成，他就要返回，在我的早晨留下一抹暗淡的阴影；而在我凄凉的家里只留下我孤零零一个人，作为我最后给你的奉献。

87

我怀着急切的渴望在我房间的各个角落寻找她的踪影，但是没有找到她。

我的房子很小，一旦有什么东西丢失，就再也找不回来。

但是你广厦千万间，我的主，为了寻找她，我来到了你的门前。

我站立你黄昏天空的金色华盖之下，抬起我渴切的眼睛仰望你的脸。

我来到了任何事物都不可能从这里消失的永恒的边缘——从泪眼望去看不见一丝希望，一丝幸福，也看不见一张脸。

哦，把我已经耗空的生命沉浸到海洋中去吧，把它投进无比深邃的丰富中去吧。让我就这一回感受到在宇宙的整体中那份失去了的温馨的触摸吧。

88

破庙里的神啊！断弦的维那琴[1]不能再奏出崇赞你的歌了。晚钟不能再宣告对你的礼拜的时刻。在你周围的空气静止不动，悄然无声。

春天飘忽不定的微风吹到了你凄凉的住所。它带来了繁花的消息——用来向你礼拜的鲜花已不再奉献了。

长年在外漫游的你的那位崇拜者永远渴望获得恩惠而仍旧遭到拒绝。黄昏时分，当火光与阴影和灰暗的尘土混在一起，他怀着心里的饥饿疲乏地回到破庙。

多少个节日悄无声息地来到你跟前，破庙的神。多少个礼拜之夜，灯火犹未点亮就逝去了。

许多座新的塑像被熟练的艺术大师建造出来，但当它们的时限一到就被抛入神圣的遗忘之流。

只有这破庙的神在无人礼拜的长存不死的冷漠中依旧存留着。

---

[1]　维那琴（Vina），印度古乐器，七弦琴。

89

我不再喧闹地大声说话了——这是我的主人的旨意。由此以后，我就以低声细语说话了。我的心里的话语将由一首歌的低声唱出来。

人们匆匆赶往国王的市场上去。所有的顾客和商人都在那里。但是在繁忙的中午我却不合时宜地离开了。

那就让花儿在我的花园中绽放，尽管这时并非是它们开花时节；也让那中午的蜜蜂唱起它们那慵懒的歌曲。

整整有多少个时光我消磨在好与坏的斗争之中，但现在却是我在闲暇日子里与游伴同游的欢乐把我的心吸引到他的身上，而我不知道这种突然引向无用的无关紧要的琐事是为了什么！

90

在死神敲响你的大门那天，你会奉献给他什么？

哦，我会把我生命的杯子斟得满满的放在客人面前——我决不会让他空手而去。

我一生所有的一切美妙的最佳的秋日和夏夜，我碌碌一生所挣得所搜集到的一切，当我的生命结束，死神前来敲我的门时，我都会放在他的面前。

91

啊，死神，这生命的最后赖你而完成，我的死神，请来
跟我低声细语！

一天又一天我一直守候着你；为了你，我才有生命的欢
乐和痛楚。

一切我之为我，我之所有，我之所求，以及一切我的所
爱，永远在极度的秘密中向你流去。从你的眼睛向我投来最
后一瞥，我的生命就永远属于你。

鲜花已经编好，花环已为新郎作好准备。婚礼结束以
后，新娘就要离家，独自在夜晚的寂寞中与她的主人相见。

92

　　我知道当我的眼睛不再看见这片大地的这一天就要来到，于是生命就将静悄悄地告别，把那最后的帘幕蒙上我的眼睛。

　　然而，星星仍将在夜空守望，晨曦必将一如往常升起。时间像大海波涛一样泛起欢乐与悲痛。

　　当我想起我的时刻这样结束的时候，时刻的障碍打破了，借着死亡之光我看见了你的世界和那些无人照看的珍宝，这世界的最低贱的职位是罕见的，最低劣的生活也是罕见的。

　　我曾经徒然地渴望得到的东西和我已经获得的东西——让它们全部成为过去吧。让我只是确实拥有那些永远为我所藐视和忽略的东西。

93

我请准了假。请向我道别吧，我的兄弟们！我向你们大家鞠躬致意，我就动身了。

在这里我交还我大门的钥匙——我放弃我对房屋全部权利。只要求从你们那里得到最后友爱的话语。

我们是多年的邻居，但是我接受到的多于我所能给予的。如今天已破晓，照亮了我黑暗角落的灯已经熄灭。传唤我的通知已经送到，我也已经为我此行作好准备。

94

在我临别时刻，我的朋友们！请祝我一路好运。天空映红了朝霞，我的道路显得美丽动人。

别问我带了什么东西去那儿。我是空着双手，怀着一颗期盼的心开始我的旅行的。

我将戴上我的结婚时的花环。我不穿出门旅行的人穿的那种红棕色的服装，尽管路上有危险，我心里并不害怕。

等我的航程结束，晚星就将出现，薄暮中美妙音乐的哀婉的曲调必将从上帝的大门前奏响。

95

我对我第一次跨过此生的门槛那一瞬间曾经浑然无知。

使我像蓓蕾在夜半的森林里绽放花朵那样，出现在这一浩大的奥秘之中的是何等的威力！

早晨，我抬头仰视晨光，顷刻间我惊悟在这个世界我并非陌生人，而且由一种无名无形的不可思议的力量照着我自己的母亲的姿态把我抱在怀里。

即使如此，这种同样的未知也会像往常已知的事物那样在死亡中出现。因为我爱这次生命，我也将爱死亡。

当母亲把婴孩从右乳房抱开时，婴孩哭了，但紧接着在一刹那间他又从左乳房找到了安慰。

96

当我从此地离去时，让这句话作为我的临别赠言：凡是我所见到的都是不可超越的。

我尝过这朵开放在光明的海洋上的莲花内藏的蜜，这样我就受到了祝福——让这话作为我的临别赠言吧。

在这表演形形色色众生相的剧场里，我曾在这里演出我的戏，也就在这里见到了无形的他。

我的全身和我的四肢因他的触摸而颤动，而他则是人们无从接触的；因此假若结局来到了这里，那就让它来——让这作为我临别的话吧。

97

当我与你做游戏的时候，我从没问起你是谁，我不懂得害羞也不懂惧怕，我的生活是兴高采烈的。

每天一大早你就把我从睡梦中叫起来，像我亲密的同伴那样领着我在林间空地中间奔跑。

在那些日子里我从没留意你向我唱的歌曲的含义。我只是用我的嗓音和上你的曲调，我的心按着歌声的节拍而舞蹈。

如今，游戏的时光已过。我突然面临的这种景象意味着什么？世界垂下眼睛俯视着你的双脚，与它静寂无语的满天星斗怀着敬畏屹立着。

98

　　我要用战利品，用我的失败的花环，来装扮你。我绝无逃脱被征服的力量。

　　我确实知道我的骄傲会使我陷入绝境，我的生命在极度的痛苦之中会挣脱镣铐，我的空虚的心也会像一株空心的芦苇呜咽地唱出音乐，石头必会在泪水中溶化。

　　我确实知道这枝莲花那一百片花瓣决不会永远闭合而不开放，它那藏蜜的秘密深处会被暴露无遗。

　　一只眼睛必将从蔚蓝的天空注视着我，默默地传唤我。没有什么需要我做的了，不论是什么没有要我去做的了。我将在你的脚下接受彻底的死亡。

99

当我交出船舵时，我知道由你来掌舵的时机已经到了。该做的事就该立刻做好。试图作这种抗争是徒劳的。

那么就把你的双手挪开，安静地逆来顺受你的失败吧，我的心。你要想到你这样安安稳稳坐在给你安排的地方，是你的好运气。

我的这些盏灯每当微风稍一吹来就都给吹灭了，而当我想去把它们点亮时，我总一次又一次把其余的一切都忘掉了。

但是这次我将变得聪明一些，我只是在黑地里等待，在地板上铺上我的席子，我的主，不论什么时候，只要你乐意，请随时静静地前来，在这里就座。

100

　　我泅入千姿百态的形状的海洋深处，希望能采得那无形的完美的珍珠。

　　我不再驾着我这条饱经风霜的小船往来于海港之间。我喜爱在海浪上颠簸摇荡的日子早已过去。

　　而现在我渴望死去，进入那不死之域。

　　我将带着我这架生命的竖琴，从深不可测的深渊进入正响亮着无声琴弦奏出的音乐的演出厅。

　　我要把我的竖琴调谐到永远的曲调上，然后，等它哭出了最后的声音，我就把我沉默的竖琴放下，摆在沉默的脚下。

101

在我的一生我始终用我的歌来寻找你。正是这些歌曲领
着我一家又一家地寻找，也跟它们一起感受我身边的一切，
细察与接触我的世界。

是它们教我记取我曾经获知的一切教训；它们给我指明
秘密的途径；把多少颗在我内心的地平线上的星星带到我的
眼前。

它们整天引导我去领略快乐与痛苦之乡的奥秘，可是到
了黄昏，在我旅途的终点，它们又将把我带到了什么样的宫
殿大门去呢？

102

　　我在人群中夸口说我认识你。他们在我所有的作品中看到你的画像。他们跑来问我，"他是谁？"我不知道该怎样回答他们。我说，"实在，我说不出来。"他们责怪我，轻蔑地走开了。而你微笑着坐在那里。

　　我把你的故事编成最后几首歌曲。秘密却从我的心里流了出来。他们跑来问我，"告诉我你这一切含意。"我不知道该怎样回答他们。我说，"啊，谁知道它们想说明什么！"他们笑了，怀着极度的轻蔑走开了。而你微笑着坐那里。

103

我的上帝，在我向你表示一次我的敬意的时候，请允许我舒展开我的全部感官，并在你的脚下触摸这个世界。

请让我的全部心怀像七月里含雨的云在未降落的阵雨重负之下低低悬挂在空中那样，在我向你表示一次敬意的时候弯身俯伏在你门前。

请允许我所有的歌曲把它们各不相同旋律汇合成一条单独的激流，在我向你表示一次敬意的时候，流向静寂无声的大海。

请让我整个一生像怀着乡愁的飞鹤日夜兼程飞回到它们在山间的窠巢一样，启程航行到它永恒之家去吧，当我向你表示一次敬意的时候。

泰戈尔像

泰戈尔和妻子结婚时（1883年）

泰戈尔在英国

泰戈尔和他的孩子

泰戈尔侧面像　　　　　　泰戈尔和他的大哥

泰戈尔和家人

泰戈尔肖像

1916年泰戈尔在日本

泰戈尔肖像

泰戈尔与爱因斯坦

泰戈尔与甘地

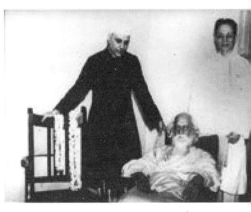

尼赫鲁、泰戈尔与中国教育家谭云山合影

泰戈尔肖像

1924年泰戈尔访问北京时，与溥仪合影　　　泰戈尔在北京，与辜鸿铭（右二）、
　　　　　　　　　　　　　　　　　　　　徐志摩（左二）等人合影

泰戈尔访华留影

林徽因、泰戈尔与徐志摩

泰戈尔70高龄时开始学习作画

泰戈尔的绘画创作

游思集_____

1

　　你抑郁的卷向前去，永恒的游思，在你无形的冲击下，四围死水般的空间激起了粼粼的光波。

　　是不是你的心已经迷失给那在无边的寂寞中向你呼唤的爱人？

　　是不是就因为你这样倥偬迫促，你的纠结的发辫才散作暴风雨般的纷乱，那宛如从碎裂的项链上掉落下来的火珠，才沿着你的道路滚走？

　　你的飞速的步履，把这世界的尘土吻成甜美，扫开了一切朽废之物；暴风雨密集在你舞蹈的四肢里，摇落了那洒泼在生命之上的死亡的圣霖，使生命更新生长。

　　若是你在那突然袭来的厌倦中，做片刻的停留，也许这世界就会隆隆地滚成一团，成为一种障碍，阻挠自己的前进，甚至那最细小的尘埃，也会因无法忍受的压抑而划破无垠的天空。

光明的脚镯围着你的双足摇动，这不可窥见的双足，以它们的节奏唤醒了我的思想。

它们在我的心的律动里回响，也在我的血液里激起了古代海洋的赞颂。

我听见轰雷般的洪水冲击着我的生命，从这个世界冲向另一个世界，卷成一个形体又一个形体，在滔滔不绝地赐予的浪花中，在悲叹和欢歌声中，把我的身体驱散开去。

浪潮高卷，劲风怒号，这一叶小舟迎风舞蹈，像你的愿望一样，我的心!

把积储的东西委弃在岸上吧，在这深不可测的黑暗之上，向着无限的光明扬帆前进。

......[1]

---

[1] 下一节诗见于泰戈尔其他诗集中，此处故缺。以下所缺亦然。

3

在暮色渐浓的时候，我问她，"我来到了一个什么陌生的地方？"

她只垂下眼睛；当她走开的时候，清水在她的水罐口汩汩作响。

树林迷蒙地垂挂在河边，田野仿佛已经属于往昔。

流水默默无声，竹林忧郁地一动不动，一只手镯在水罐上敲出的丁当声，从小巷里传来。

不要再划了，把船儿拴在这棵树上——因为我爱这片田野的景色。

晚星沉落到庙殿的后面去了，埠头上大理石石级的苍白色，缠住了黝黑的流水。

淹留的旅人在叹息；因为从那掩藏的窗户里射出的灯光，被路边交织的树林和灌木撕成了一片黑暗。那只手镯还在水罐上丁当地响，归去的步履还在落叶遍地的小巷里窸窣。

夜色渐深，宫殿的高塔像幽灵一般阴森森地显现出来，市镇在困疲地呻吟。

不要再划了，把船儿拴在树上。

让我在这陌生的地方憩息，蒙眬地躺在星光下面，在这黑暗因手镯在水罐上敲出丁当的声音而颤动的地方。

4

　　哦，若是我心里藏着一个秘密，像夏云里没有滴落的雨珠——一个掩藏在静默之中的秘密，我就能带着它飘游异乡。

　　哦，若是我能有一个可以听我柔声低语的人，在这沉睡于阳光之中的树林下，滞缓的流水在潺潺作响的地方。

　　今天黄昏的这种沉默，似乎在期待着一声足音，可是你却问我为什么流泪。

　　我说不出我为什么要哭泣，因为这还是一个我所不能知道的秘密。

……

7

对于你，小花朵儿，我好像就是黑夜。

我只能给予你安宁和隐藏在黑暗里的不眠的静谧。

当你在清晨睁开眼睛的时候，我要把你留给一个蜜蜂营营、鸟声婉转的世界。

我送给你的最后的礼物，将是一滴注入你的青春深处的泪珠；它将使你的微笑变得更加甜蜜，而在岁月的严峻的欢愉中，也将掩去你的娇容。

……

9

假若在迦梨陀娑[1]是皇帝的诗人的时候，我能住在邬阇衍那[2]皇城的话，我也许会熟识玛尔瓦姑娘，让我的思想充满了她那音乐般的芳名。她也许会透过她的眼帘的斜影向我睇视，任素馨花攀住她的面纱，好让她在我身边逗留。

这件事情发生在往昔，而这往昔已经被时间的枯叶淹没了踪迹。

为了那些做着捉迷藏游戏的日子，学者们今天在争论不休。

我决不伤心迷梦于那些已经风流云散的年代：但是我为

---

[1]　迦梨陀娑：古代印度最伟大的诗人，相传为超日王的"宫廷九宝"之一。著名作品有"鸠摩罗出世"（叙事诗）、"云使"（抒情诗）、"沙恭达罗"、"斌尔娃希"（剧本）等。其生平事迹已无从考据。目前一般学者把他视作旃陀罗笈多王朝时代的人物，约为公元四世纪到五世纪。

[2]　邬阇衍那：亦译作优禅尼，为旃陀罗笈多二世的首都。

那随岁月俱逝的玛尔瓦姑娘们再三叹息!

我不知道，那些随着皇帝的诗人的诗歌一起颤动的日子，被她们用花篮带到哪一重天去了?

今天早晨，隔开了我因为生得太晚而不能相见的人们，它重重地压在我的心头，使我心酸。

然而，四月依旧带来了她们曾经用来装饰鬓发的同样的鲜花，而在今天的玫瑰花上低语的南风，也是曾经吹拂过她们的面纱的同样的南风。

说真的，今年的春天，并不缺少欢乐，虽然迦梨陀娑已不再歌唱；而且我知道，若是他从诗人的乐园里看到我，他有理由妒忌我。

10

　　你别眷念她的心，我的心呵，你把它留在黑暗里。

　　假若美丽的只是她的秀姿，微笑的只是她的脸靥，那又该怎样呢？让我毫不犹豫地领受她那秋波里的单纯的意义，而感觉幸福。

　　若是她的双臂围绕着我，只是一张虚幻的网，我也决不介意，因为罗网是华贵而稀珍的，而欺骗也可以付之一笑而淡忘。

　　你别眷念她的心，我的心呵，若是这乐曲尚不失其真实，纵然言词不足为信，你也该心满意足；你且欣赏她那如百合在粼粼的、迷人的水面上舞蹈的优美，不管水底会藏着什么。

11

你不是母亲，不是女儿，也不是新娘，雨尔伐希[1]。你是女人，是蛊惑天国神灵的女人。

当步履困乏的黄昏，降落到羊群已经归来的栏边时，你欣喜这黑暗的时刻如此神秘，从不剔亮屋里的灯火；你走向新婚的睡床，也从不心乱，或在唇边含一丝犹豫的微笑。

你像是黎明，你不戴面纱，雨尔伐希，你没有一丝羞涩。

谁能想象出那创造你的惨痛迸溢的光芒！

你在第一个春天的第一天，右手擎着生命之杯，左手执着鸩酒，从奔腾的海上升起。那凶暴的海洋暂时平息，宛如一条着魔的巨蛇，在你的双足之前放下了它的千条的头巾。

---

[1] 雨尔伐希：乐园里自海上升起的舞蹈的女郎。

你那纤尘不染的光彩，从海沫之上升起，纯白而又袒露，像一朵素馨花。

难道你永远是这样纤小、羞怯，永远是这样含苞欲放的吗？雨尔伐希，哦，你这永远的青春！

难道你在宝石的奇光异彩照耀着珊瑚、贝壳和梦影般的动物的地方，以湛蓝的夜作为你的摇篮，一直睡到白天显露出你那万般富丽的花朵吗？

你为古往今来所有的人所钟爱，雨尔伐希，哦，你这层出不穷的奇迹！

在你双睛的顾盼之下，世界因青春的苦痛而悸动，苦行的修士在你的脚边放下了他的朴素的果实，诗人的歌曲围拥在你的芳香馥郁的身边低吟。你的纤足如在无所顾虑的喜悦中倏然疾走，那金铃的丁当声甚至刺痛了空虚的微风的心。

你在众神的面前舞蹈，把新奇的韵律的轨道都扫荡一空，雨尔伐希，大地在因你而颤抖，青草绿叶和秋天的原野在起伏摇荡；海洋汹涌澎湃，化为一片韵律的狂涛；繁星落入天空——那是从你胸前跳跃着的项圈上断落下来的珍珠；血液因为突然袭来的骚动而在人们的心里跳跃。

你是从天国沉睡的高峰上第一个醒来的人，雨尔伐希，你把天空激动得惴惴不安。世界以她的眼泪来沐浴你的四肢，以她的心的鲜血的颜色来染红你的双足，你轻盈地栖立在迎波摇舞的欲望的莲花之上，雨尔伐希；你永远在那浩渺无边的心灵中嬉戏，尽管那儿有上帝的噩梦。

12

你像湍急而曲折的小河，且笑且舞，在你向前奔流的时候，你的步履唱出了歌声。

我像崎岖而峻峭的河岸，噤口无言地兀立着，忧郁地凝视着你。

我像庞大而愚蠢的风暴，蓦地轰然而至，想撕碎自己的躯体，裹之以激情的漩涡；漂流四散。

你像玲珑而犀利的闪电，刺穿了浑然一片的黑暗的心，然后消失在一声大笑的活泼的光带里。

......

14

你将不以你脸上滞留未去的怜悯的神色来等待我，这使我感到欣喜。

那不过是因为夜的咒语和我的告别的话，它们惊怵于自己的失望的声调，才使我的眼眶噙着如许的泪水。但天色终将破晓，我的心和眼睛也终将干涸，那时就再也不能哭泣。

谁说难以相忘呢?

死的仁慈潜伏在生命的核心，给生命带来安息，使它不再愚蠢地坚持生存。

暴风雨的海洋，终于在它的摇篮中暂时宁息；森林的大火，在自己的灰烬的床上沉入梦乡。

你和我就要别离，而这离异将淹没于在阳光里欢笑的绿草和繁花之下。

……

16

我暂时忘记了我自己，所以我来了。

但请抬起你的眼睛，让我看你的眼睛是否还残留着往日
的影子，像天边那片被夺去了雨珠的苍白色的云。

请暂时容忍我，若是我忘记了自己。

玫瑰还含苞未放；它们还不知道，今年夏天为什么我们
忘记了采集鲜花。

晨星怀着同样忐忑不安的缄默；曙光被那覆盖着你的窗
户的树枝绊住，就像在过去的日子一样。

我暂时忘记了时光的流迁，所以我来了。

我记不起在我袒露我的心的时候，你是否转过头去，使
我羞惭无已。

我只记得那滞留在你颤抖的唇边的话语；我记得在你的

乌黑的眼睛里的热情卷扫的影子，像那在暮色中寻找归巢的倦鸟的翅膀。

我忘记了你已不再忆起我，所以我来了。

17

雨下得正急。河水汹涌嘶鸣，在舔吻和吞食着小岛。在愈变愈小的岸边，我独自厮守着一堆谷子。

从对岸的阴影里划来一只小船，一个女人在船艄掌舵。

我向她喊道，"饥饿的水在包围着我的小岛，划到这儿来吧，把我一年的收获载去。"

她来了，把我所有的谷子拿得一粒不剩；我央求她把我一起载走。

但是她说，"不"——船儿已经载满了我的礼物，再没有我容身的余地。

……

19

河的这边没有埠头，姑娘们都不到这里来汲水；沿河的田野密密地长满了矮小的荆棘；一群絮聒的沙立克鸟在峻峭堤上挖土筑巢，在河堤皱眉蹙额的神色之下，渔船找不到荫庇的地方。

你坐在这人迹罕到的绿草地上，清晨在逝去。告诉我，你在这干燥坼裂的岸边做什么？

她凝视着我的脸说，"不，不做什么。"

在河这边的岸滩荒凉而且冷落，没有一只牛羊到这里来饮水。只有几头从村子里走失出来的山羊，整天在嚼食着疏落的青草，那孤独的水鹰，从斜欹在泥地上的一棵连根拔起的菩提树上张望着。

你独自坐在那儿，在那棵希摩尔树的沓蕾的阴影下。清晨正在逝去。

告诉我，你在等谁呢？

她凝视着我的脸说，“不，我不等谁!”

……

21

I

"你这样不停地准备着这些东西是为了什么？"——我对心灵说——"有人要来吗？"

心灵回答说，"我正在采集东西，建筑高楼大厦，忙得不可开交，我没有空来回答这样的问题。"

我温顺地走回去重新干我的工作。

等到东西已经积成一堆，它那座大厦的七座翼殿已经盖好，我对心灵说，"这样还不够吗？"

心灵开口说，"还不够容纳——"说着又打住了。

"容纳什么？"

心灵装作没有听见。

我怀疑心灵自己也不知道，所以才用不断的工作来掩盖疑问。

它的一句口头禅是，"我还得多准备一点儿。"

"为什么你一定要这样呢？"

"因为它是伟大的。"

"什么是伟大的？"

心灵又不响了。我强着要它回答。

心灵含着轻蔑和愠怒说，"为什么要追问那些并不存在的东西呢？去注意那些在你面前的巨大的事物——格斗和战争，部队和军火，砖瓦和臼炮，还有那些数不尽的劳动者。"

我想，"也许心灵是聪明的。"

II

日子一天天地过去。大厦的翼殿造得越来越多——它的领域也越来越大了。

雨季过去了。乌云变得苍白而轻淡，在雨水洗过的天空里，阳光照耀的时刻，像粉蝶在一朵看不见的鲜花上飞舞。我痴迷迷地向我遇见的每一个人询问，"在微风里的是什么音乐呀？"

一个流浪汉在路上行走，他的衣衫像他的举止一样狂野；他说，"听，那来临的音乐！"

我不知道我为什么竟会听信他的话，但是话却从我嘴里冲出，"我们不用等多久了。"

"近在眼前了。"这个疯子说。

我回到我的工作岗位，大胆地向心灵说，"停止一切工作吧！”

　　心灵问道，“你听到消息了吗？”

　　“是的，”我回答说，“那来临的消息。”但是我不知道怎样解释。

　　心灵摇着头说，“没有旗幡，也没有华贵的仪仗!”

III

　　夜色将尽，天空里星光惨淡。突然晨曦的试金石把万物都染成一片金黄。一声众口传呼的叫喊——

　　“使者来了!”

　　我俯首问道，“他来了吗？”

　　回答仿佛从四面八方涌来，“是呀。”

　　心灵懊恼地说，“我的大厦的圆顶还没有盖好，一切都还是乱糟糟的。”

　　天空里传来一声话音，“把你的大厦推倒吧!”

　　“可是为什么呢？”心灵问。

　　“因为今天是来临的日子，而你的大厦却挡住了道路。”

IV

　　巍峨的大厦坍倒在尘埃里，一切都零乱而又破碎。

　　心灵四面张望。可是还能看到什么呢？

　　只有晨星和沐洗在朝露中的百合。

此外还有什么呢？一个孩子大声笑着从母亲的怀里跑到屋子外面的阳光下。

"难道仅仅为了这个，他们就说这是来临的日子吗？"

"是的，他们就因为这个，才说空中有音乐奏鸣，天上有光芒闪现。"

"难道他们所要求于这整个世界的，就是这个吗？"

"是的，"传来这样的回答。"心灵，你是筑起了高墙来禁锢自己。你那些仆人也是辛辛苦苦的在奴役自己；但是这整个大地和无垠的空间却是为了这个孩子，这个新的生命。"

"那孩子给你带来了什么呢？"

"整个世界的希望和它的喜悦。"

心灵问我，"诗人，你懂得他的话吗？"

"我抛开了我自己的工作，"我说，"就因为我必须要有时间来理解。"

II

1

　　你在这大千世界里变幻不息，华丽多姿的姑娘。你的香径铺满了光华，你的轻触颤成了朵朵鲜花；你那飘曳的裙袂，在繁星中卷起了一阵舞蹈的旋风，而你的美妙的音乐，透过一切符号和色彩，从浩渺的天际传来。

　　在深不可测的灵魂的静寂里，你孤零零的孑身独处，沉静而寂寞的姑娘，你是一个光影颤摇的幻象，一朵绽开在爱情的茎枝之上的孤独的莲花。

……

3

　　我记得那一天。

　　滂沱的大雨正逐渐减弱成断续的阵雨，一阵阵重起的疾风又把它从第一次的平息中惊起。

　　我拿起了我的乐器。我漫不经心地拨弄琴弦，最后连我自己也不知道怎的，琴音里渗入了雷雨的狂飙的节奏。

　　我看见她悄悄地放下了工作，停留在我的门口，但又踏着踌躇的步子退去。她重又走回来，倚着墙壁站在门外，接着慢慢地走进屋子坐了下来。她低着头儿默默地挑着针线，但是不久她停下针黹，穿过雨帘凝眸定视着窗外模糊的树影。

　　只有这一个回忆——充满了浓荫、歌声和沉寂的雨天中午的一段时光。

4

当她登车离去的时候，她回过头来，投给我一个急促的告别的眼波。

这是她给我的最后的一个礼物。但是我能把它珍藏在什么地方，才可以逃过那践踏的时光？

难道黄昏必须卷走这一线惨痛的微光，正如它必须卷走夕阳的最后一道闪光？

难道它就该让雨水冲走，仿佛从伤心的花朵里冲走它那珍藏的花粉？

把帝王的荣华和豪富的财产留给死亡吧。但是眼泪就不能把这个在激情的刹那间投来的眼波永远保持新鲜吗？

"请把它留给我，"我的歌曲说，"我决不触摸帝王的荣华或是豪富的财产，但是这些区区的微物永远是属于我的。"

......

6

　　我就要走了；她还是默默无语。但是从一阵微微的战栗中，我觉得她的渴切的双臂似乎想说："啊，不，时间还没有到呀。"

　　我常听见她那双恳求的纤手，在一次碰触中发出声音，虽然它们并不知道自己说的是什么。

　　我知道那两只手臂在期期艾艾地说话，那时，如果不是这样的话，它们也许会化作一只青春的花环，戴在我的颈项上。

　　它们的这些细微的动作，在寂静的时分的隐蔽下，回到记忆里；它们像逃学的儿童，淘气地泄露了她过去向我隐瞒的秘密。

7

　　我的歌曲像一群蜜蜂；它们在空中追蹑你的芳香的踪迹——一丝属于你的记忆，围绕着你的娇羞，嗡嗡地飞鸣，渴求那深藏的蜜。

　　黎明的清新浸没在阳光里，空气凝重而低沉地垂挂在中午的天空，森林静寂无声，这时候，我的歌曲飞回家来，它们的疲倦的翅膀上沾满了黄金的粉末。

......

9

　　我想假如在来生，当我们在那遥远的世界上行走时，能再相逢的话，我将无限惊奇地停下步来。

　　我将看见那双乌黑的眼睛，在那时候变成晨星，但是我也将觉察出它们曾经属于前世的一个渺不可忆的夜空。

　　我将恍悟你的面容的魅力，并不完全是它自己的所有物，而是在一次渺不可忆的会见中，窃去了我眼睛里热情的光芒，又从我的爱情里撷取了一种它现在已经忘记了自己的本源的神秘。

10

放下你的琵琶吧，我的爱，让你的双臂来拥抱我。

让你的触摸，把我满溢的心儿带向我身体的最边缘。

你别垂下头去，也别把你的脸庞转开，但请你给我一个吻，一个像长久幽闭在蓓蕾里的花香般的吻。

你别用虚妄的言语来窒息这一刻时光，但请让我们俩的心，在宁静的激流中一起摇荡，把所有的思想都卷向无边的喜悦。

11

你以你的爱使我伟大，虽然我不过是许多随波逐流的俗人中间的一个，颠沛在世间浮沉无常的恩宠中。

在古往今来的诗人呈献贡礼的地方，在拥有不朽之名的恋人，遥隔不同的时代互相寒暄问好的地方，你给我安置了一个座位。

市集上，人们在我面前匆匆经过——他们绝没有看出我的身体因着你的爱抚而变为珍宝，他们也不知道我的身体里怎样承载着你的吻，犹如太阳在自己的球体里，承载着神火而永世普照。

12

像一个烦躁的孩子把各种玩具都推开，我的心今天对我所提出的每一句话都摇头说，"不，不是这个。"

然而言语，在它们的模糊的苦痛之中，萦绕着我的心胸，像飘浮在山巅的流云，等待那偶然吹来的疾风，为它们卸去雨水的负担。

但是抛开这些徒劳无益的努力吧，我的灵魂，因为在黑暗里，静默会使它自己的音乐成熟。

我的生命，今天好像一个正在举行着忏悔礼的教堂，在这里，泉水不敢流动，也不敢低语。

这不是你跨过大门的时候，我的爱；只要想起你脚镯的铃铛在路上丁当，花园的回音就要感到害羞。

它们知道明天的歌曲，今朝犹含苞未放，假如看见你走过去，它们也许不得不破碎它们还没有成熟的心儿。

13

你是从哪儿带来这份不安的，我的爱？

让我的心接触你的心，把痛苦从你的沉默里吻去。

黑夜从它的深处抛出这一刻短暂的时光，使爱情能够在这重重紧闭的门扉之内，筑起一个新的世界，而且用这一盏弧灯来照明。

我们只有这根唯一的芦管是我们的乐器，我们的两对嘴唇得轮流吹奏才行——我们只有一只花环做我们的花冠，我得把它在你的额上戴过以后，才用它来绾住我的鬓发。

把我胸前的薄纱揭去吧，我将在地上铺设我们的睡床；这样，一个吻，一夜欢愉的睡梦，就会填满我们这个微小而无边际的世界。

14

　　我已经把我所有的一切给予了你，我只留下这一张最袒露的矜持的薄纱。

　　这张薄纱太薄了，你对它暗暗微笑，使我感到害羞。

　　春风不知不觉地把它卷走，我自己心的颤抖也在推动它，像波浪推动泡沫。

　　我的爱，假若我保留这片疏远的薄雾来围住我自己，你不要悲伤。

　　我的这种脆薄的矜持，不仅是女人的羞怯，也是一枝纤弱的花茎，在这枝花茎上，我那自愿委从的花朵，以无语的温婉弯身向着你。

15

今天我穿上了这件新衣，因为我的身体想放声歌唱。我只一次就把我永远地给予了我的爱，这是不够的，我应该通过这种给予，每天献出新的礼物；我穿起了这身新衣，我不就像一个新的礼物了吗？

我的心像那黄昏的天空，对色彩怀着无限的热爱，因此我更换我的面纱，它们时而绿得像清凉幼嫩的草叶，时而绿得像冬天的禾谷。

今天我的衣服染成天空镶饰着雨云时的蓝色。它给我的四肢带来了浩邈的大海和异域群山的颜色；它在它的褶裥里载着夏云在风中飞翔的喜悦。

16

我想我愿意用爱情自己的颜色，来写出爱情的词句；但是它们深深地藏在我的心里，而眼泪却又是苍白无色。

朋友，若是这些词句没有颜色，你会领会它们的意思吗？

我想我愿意按着爱情自己的曲调，来唱出爱情的歌词，但声音只是在我的心里，我的眼睛却又是默默无语。

朋友，若是歌不成调，你会领会它们的意思吗？

17

在夜晚的时候，歌声向我飘来，可是你已经不在那儿。

它找到了我整天在寻找的词句。是啊，就在天黑以后的那一瞬间的寂静里，这些词句颤成一片音乐，它们正如星星一般，在这时候开始光芒闪耀；可是你已经不在那儿。我原想在清晨把这首歌词唱给你听，但是当你在我的身边的时候，任凭我怎样尝试，虽然音乐声起，歌词却畏缩不前。

18

夜深了，将熄的火焰在灯里摇曳。

我忘记了注意，黄昏——像一个在河边盛满了这一天最后一罐水的农家姑娘——是在什么时候关上了她的柴扉的。

我是在给你说话，我的爱，我的心灵几乎觉察不到我的声音——告诉我，这里面有什么涵义吗？它有没有从那生命的界线之外为你带来什么信息？

至于现在，自从我的声音消寂以后，我感到黑夜因着那瞠目惊视着它们自己喑哑的深渊的思想而在悸动。

19

　　当我们俩第一次相见的时候，我的心响出了音乐，"那长留远方的她，永远在你的身边。"

　　如今音乐已经寂灭，因为我已经惯于相信我的爱确实在我的左右，我已经忘记她同时也在遥远的远方。

　　音乐充满了两个心灵之间无垠的空间。它已经被我们日常习俗的浓雾所淹没了。

　　在羞涩的夏夜，当微风从静谧中带来浩大的低语声时，我起坐床上，为我失去了那在我身边的她而悲悼。我问自己，"什么时候我再能有机会向她低声诉说那有永恒的韵律的话语呢？"

　　从你的慵懒里醒来吧，我的歌曲，你撕破这层熟识的帷幕，怀着我们初次见面的无限的惊喜，飞到我的爱人那儿去！

　　……

21

父亲参加了葬仪回来了。

他的七岁的儿子在窗边站着，颈下挂着一片黄金的护符，他睁大了眼睛，充满了他小小的年纪难于索解的思想。

他的父亲把他搂在怀里，但是孩子问父亲说，"妈妈到哪儿去了？"

"到天国里去了。"他的父亲回答说。

到了夜里，父亲悲极而倦，在睡梦中呻吟。

一盏孤灯在卧室的门边茕茕的照燃，一只蜥蜴在墙上捕捉飞蛾。

孩子从梦中醒来，他用手摸索着空床，悄悄地爬下床来，走到门外的平台上。

孩子抬眼望着天空，他静静地凝望了好久。他那迷惑的心灵把疑问送向黑夜，"天国在哪儿？"

没有一声回答：只有星星仿佛像那无知的黑暗的一滴滴灼热的泪珠。

22

在夜色将尽的时候，她走了。

我的心想安慰我，说，"一切都是虚妄的。"

我感到怨恨，我说，"那封写着她的名字的没有打开的信，和这把是她亲手用红绸滚边的芭蕉扇，难道这些都不是真的吗？"

一天过去了，我的朋友走来对我说，"凡是美好的都是真实的，也是永不磨灭的。"

"你怎么知道的？"我不耐烦地问道，"现在这个从世间逝去的人，难道不是美好的吗？"

像一个烦躁的孩子在折磨自己的母亲，我毁掉了我的内心和身外所有的一切庇护，一面哭喊说："这是一个背信弃义的世界。"

突然我觉得有一个声音在说——"多么忘恩负义！"

我向窗外望去，一句谴责的话似乎从星光闪耀的夜里传来——"这是你把自己相信我曾经来过的事实，倾注到我离去以后的空虚里去了。"

23

河流灰蒙蒙的，天空里黄沙炫目。

在一个阴暗不宁的早晨，鸟雀喑哑无声，鸟巢在疾风中
颤摇，我孤零零地坐着，问我自己，"她在哪儿？"

我们俩互相挨近着坐在一起的日子已经逝去，那时我们
欢笑戏谑，在我们的约会上，爱情的威严找不到话说。

我把我自己变得极其渺小，而她却用滔滔不绝的谈话虚
度了每一个时刻。

今天我徒然想望她能在我身边，在这风雨欲来的阴霾
里，同坐在灵魂的寂寞中。

24

　　她用来称呼我的名字，像一朵盛开的素馨花，覆盖了我们俩相爱的整整十七年。它的声音混合着透射过绿叶的光线的颤抖，雨夜的青草的气息，还有多少个闲散的日子在最后时刻的悲痛的静寂。

　　答应这个名字的他，不仅是上帝的创作；这是她为了自己的缘故，在那十七个短暂的年月里而把他重新创造的。

　　别的年月接踵来临，但它们的漂泊的日子，已不再聚集在她的声音所呼唤的那个名字的范围里，而是彷徨迷途，风流云散。

　　它们问我，"应该由谁来收容我们呢？"

　　我不知道怎样回答，我只能静静地坐着，于是它们在消散的时候，向我喊道，"我们要寻找一个牧羊姑娘!"

　　它们该去找谁呢？

　　这，它们并不知道。它们像无主的晚霞，在没有辙迹的黑暗里漂泊、消失而淡忘。

25

　　我觉得你的短促的爱情的日子，并没有被你委弃在你一生中那些短短的岁月里。

　　我很想知道，你避开了那慢慢偷窃的尘埃，现在把它们藏到哪儿去了。在我独自厮守的时候，我找到了你的黄昏之歌，它虽然已经消逝，却留下了一声永恒的回音；我也在秋天中午的温馨的静寂里，找到了你那没有满足的时刻的一声声的叹息。

　　你的欲望从往日的蜂巢里飞来，萦绕在我的心头，于是我静静地坐着，谛听它们振翅扑飞的声音。

　　……

27

　　我正沿着一条绿草丛生的小径散步，忽然听到背后有人在说，"瞧你还认识我不？"

　　我转过身去，凝视着她说，"我记不起你的名字了。"

　　她说，"我是你在年轻的时候遇见的第一次最大的烦恼。"

　　她的眼睛望去仿佛像空气里还含着露水的早晨。

　　我默默地站了一会儿，最后我说，"你已经卸去了你的眼泪所有的沉重负担了吗？"

　　她微笑着不说一句话。我感觉到她的眼泪已经学会了微笑的语言了。

　　"你有一次说过，"她低声地说，"你要把你的悲痛永远铭记在你的心里。"

　　我涨红了脸说，"是的，可是年光流逝，我已经忘记了。"

　　随后，我握起她的手，说，"但你已经变啦。"

　　"凡是曾经一度称为烦恼的，如今已变成和平。"她说。

28

我们的生命，在无人渡越的海上扬帆前进，相互追逐的波浪，在做着永恒的捉迷藏游戏。

这是永无宁息的变幻之海，在哺育它那些一再消失的泡沫的孩子，在拍手鼓掌打破那苍天的平静。

爱，在这光明与黑暗的循环的战舞中央，你的爱情是那葱绿的岛屿，在那儿，太阳吻着羞怯的林荫，鸟雀的歌声在向静谧求爱。

······

30

一个画家在市集上卖画，有一个在年轻的时候把画家的父亲欺骗得伤心死去的大臣的孩子，带了一群仆从走过市集。

这个孩子在画图前面停了下来，挑选了一幅画。画家在画上蒙了一块布，说他不愿意出售这幅画。

从此以后，这孩子思念着这幅画，心里闷闷不乐，最后他的父亲来了，愿意付出一笔高价。但是画家把那幅画挂在画室的墙壁上不愿出售，他沉着脸坐在画前，自言自语地说，"这就是我的报复。"

这位画家奉行的唯一的礼拜，是每天早晨描一幅神像。

但现在他觉得这些画像一天天地变得同他往常画的不同起来了。

这件事情使他感到苦恼，而且找不出一个解答，后来有一天，他在工作中猛地惊跳起来；他刚画好的一幅神像的眼睛，竟是那个大臣的眼睛，神像的嘴唇也是大臣的嘴唇。

他撕毁了画像，大声叫喊，"我的报复已经回报到我头上来了！"

31

　　将军走到怒气冲冲、一言不发的国王面前，向国王敬礼说："村子已经受到惩罚了，男人们都打倒在地上，女人们瑟缩在没有灯火的屋子里，不敢哭出声来。"

　　祭司长站起来向国王祝贺，大声高呼道，"上帝的仁慈永远归于陛下。"

　　丑角听到这句话纵声大笑，吓得朝臣们毛骨悚然，国王的眉头皱得更紧了。

　　"王座的尊荣，"大臣说，"是以陛下的威严和全能上帝的恩宠为支柱的。"

　　丑角笑得更响了，国王怒声喝道，"不合时宜地嬉笑作乐!"

　　"上帝赐给陛下多少恩宠，"丑角说，"他赐给我的就只有这一份笑的禀赋。"

　　"这份禀赋要断送你的性命。"国王右手握剑说。

　　但是丑角站起来纵声大笑，直笑到他不能再笑为止。

一团恐怖的阴影降落在宫廷上面，因为他们听见大笑的声音在上帝的沉默的深处回响。

……

33

　　他们激怒地把世世代代以来，为了迎接世界最美好的希望而祈祷的时候织成的地毯撕得粉碎。

　　所有为了表示爱而准备的宝贵的物品，都化作一堆碎片，在被毁坏的祭坛上，没有一件能使疯狂的人们想起上帝将要降临的东西。在一阵激情的狂焰里，他们仿佛把自己的未来同他们的青春佳日一起烧成灰烬。

　　天空中喊声嘶哑，"胜利归于暴徒!"孩子们形容枯槁而苍老，他们互相悄悄地说，时间总是在旋转而从不前进，我们让人家驱赶着向前奔跑，可是没有可以达到的目标，而创造又像盲人的摸索。

　　我对自己说，"停止你的歌唱吧。歌曲是为那行将到来的人而唱的，而不息的斗争是为了存在的事物。"

　　大路永远躺卧着，像一个把耳朵朝向地面倾听足音的人，今天探索不到任何来客的暗示，在大路的远处也看不见一所屋子。

我的琵琶说，"把我扔在尘土里践踏吧。"

我凝视路旁的尘土，在荆棘丛中有一朵纤小的花。于是我喊道，"世界的希望没有死去!"

天空俯伏在地面上，向大地低语，空中充满了一种期待的静默。我看见棕榈树的叶子，在向那听不见的音乐的节奏拍手，月儿也在和湖水的闪烁的宁静交换眼色。

大路对我说，"什么都不用害怕!"而我的琵琶说，"请把你的歌儿借给我!"

1

来吧，春天，大地的热情奔放的爱人，你使那森林的心因为渴望倾诉而跳动！

你化作不安的阵风，吹到百花盛开，新叶摇舞的地方来吧！

你像光明的叛逆，冲过黑夜的监视，冲过湖水黝黑的暗哑，穿过地下的牢狱，向被束缚的种子宣布自由吧！

你像闪电的大笑，像暴风雨的呼啸，冲进喧嚣的城市中心；解放那僵滞了的语言和无知无觉的劳动，增援我们正在涣散的战斗而征服死亡！

2

我曾经在多少个芥菜花开的三月，凝视过这一幅画图——这一脉纤缓的流水，那边灰色的沙滩，还有沿河那一条把田野的友爱带向村庄心坎里去的崎岖的小径。

我曾想把这闲适的风声，和一只过往的小船的桨声谱入诗章。

我曾暗自惊异，这茫茫世界，站立在我面前多么单纯；而我此番与这位永恒的陌生人的遭逢，又以何等挚爱和亲切的安适充满了我的心田。

3

　　两个村庄隔河相望，一只渡船在它们之间的小河上往来划行。

　　小河不宽也不深——它不过是给那条日常生活的小径增加一些小小的风波的裂口而已，好比在一首歌词里的间歇，曲调通过这个间歇而欢乐的泻流。

　　财富的高楼大厦高高升起，又毁成废墟，而这两座村庄却隔着这条潺潺不息的溪流交谈，渡船在它们之间往来摆渡，过了一个世代又一个世代，从春耕到秋收。

　　……

5

在婴孩的世界里，树林对他摇动着绿叶，用那远在混沌初开之前的古老的语言低吟着诗歌，月儿，那夜空的孤独的孩子，装作和婴孩一样的年纪。

在老人的世界里，繁花为了那些编造出来的神仙故事而恭顺地涨红着脸，破碎的玩偶也供认自己是泥塑的东西。

......

7

伟大的土地，我常常感觉到我的身体渴望在你的上面流过，和那举起信旗以回答蓝天的问候的每一片绿叶分享快乐！

我觉得在我出生的多少世代以前，我仿佛就已经属于了你。这就是为什么在秋天的光辉在熟透了的禾穗上闪摇的日子里，我似乎忆起了一段我志在四方的往日，甚至还听见一阵阵好像是我的游伴的声音，从那遥远的，面纱重掩的往昔传来。

在黄昏的时候，羊群回到栏舍，草地的小径上扬起了尘土，月儿比村子里茅屋的炊烟升得还高，我仿佛为生存的第一个早晨所遭遇的惨痛的别离而感到悲伤。

……

9

晨曦像一绺沾着雨泥的刘海，垂挂在雨夜的额上，这时候乌云不再密集了。

一个小女孩凭窗而立，她沉静得像出现在停歇的雷雨门口的一道彩虹。

她是我的邻居，她降临人间就好像是某一个神灵的叛逆的笑声。她的母亲气愤地管她叫本性难改的孩子；她的父亲却微笑着说她是疯孩子。

她像一股跃过岩石逃跑的瀑布，像那最高的竹枝在不息的风中飒飒作响。

她站在窗口，望着窗外的天空。

她的妹妹走来说，"妈妈在喊你呢。"她摇摇头。

她的小弟弟带了他玩耍的小船跑来，想拉她一同去玩；但她挣脱了弟弟的手。男孩缠着她，她在男孩的背上打了一下。

在大地创造万物之初，那第一个伟大的声音，是微风和流水的声音。

大自然的古老的呼唤——大自然对尚未降生的生命的无声的呼唤——已经传到这个孩子的心里，把她的心灵独个儿引到我们时代的樊篱之外：因此她站立在那儿，被永恒迷惑得如痴如醉！

10

鱼狗一动不动地坐在一只空船头上，一条水牛沉静而舒适地躺在河边的浅水里，它半睁半闭着眼睛，在饱尝那清凉的泥浆的美味。

母牛在岸上嚼食青草，村庄里野狗的吠声没有使它心惊，一群跳跃着捕捉飞蛾的沙立克鸟跟在它的后面。

我坐在罗望子树的丛林里，这里聚集着喑哑的生命的叫喊声——牛羊的哞鸣声，麻雀的啁啾声，天空里纸鸢的呼啸声，蟋蟀的瞿瞿声和一条鱼儿在河里拨水的溅溅声。

我窥视这生命的原始的哺育所，在这里，大地母亲因为第一次生命的捉摸迫近她的胸脯而颤动。

11

在这沉睡的乡村里，中午寂静无声，恍如阳光灿照的夜半，我的假日已经过去了。

整整的一个早晨，我的四岁的小女孩跟着我，从这间屋子走到那间屋子，严肃而沉默地望着我准备行装，到后来她厌倦了，就带着一种奇怪的静默坐在门旁，自言自语地咕噜，"爸爸一定不能走！"

在吃饭的时候，一天一度的睡意袭上了她的身子，可是她的母亲已经把她忘记了，孩子伤心得连抱怨的话都不想说了。

最后，当我伸出手臂向她道别的时候，她一动都不动，只是悲哀地望着我说，"爸爸，你一定不能走！"

她这句话逗得我笑出眼泪，使我想到这小小的孩子竟敢向这个受生计所驱使的巨大世界挑战，她不用别的，仅仅凭借这几个字，"爸爸，你一定不能走！"

12

欢度你的假日吧，我的孩子；那儿有湛蓝的天空和空旷的田野，谷仓和古老的罗望子树下的破庙。

我必须从你的假日中取得我自己的假日，从你眼睛的跳跃中寻找光明，从你的喧哗的叫嚷声中寻求音乐。

秋天给你带来了真正的假日的自由，它为我带来的，却是工作的阻碍；因为，看，你冲进了我的房间。

是的，我的假日是一种喜爱扰乱我的无限的自由。

13

在黄昏的时候，我的幼小的女孩听到她的同伴在窗子下面唤她。

她手里掌着一盏灯，用她的面纱遮着，怯怯地走下漆黑的楼梯。

三月的星夜，我正在平台上，突然听到一声哭喊，我连忙跑过去看。

她的灯儿已经在盘旋的楼梯上熄灭了。我问她，"孩子，你为什么哭？"

她在下面苦恼地回答说，"爸爸，我把自己丢失了！"

当我回到平台，在三月的星夜下，仰视天空，我仿佛看见有一个孩子在天空行走，她的面纱里藏着一盏盏明灯。

假若这些灯光熄灭了，她也许会突然停下步子，而天际也许会传播着一声哭喊，"爸爸，我把自己丢失了！"

14

黄昏迷乱地站立在街灯中间，它的金色已经被都市的尘土玷污了。

一个浓妆艳抹的女人，在她的阳台上凭栏而立，像一团旺火在等待着飞蛾。

突然，街上的人们，在一个被车轮碾死的流浪孩子的周围，汇成了一个漩涡，在阳台上的女人，感受到坐在世界内心的宝龛里的伟大的白衣母亲的痛苦，她一声尖叫，跌倒在地上。

15

我记得荒原上的那幕情景——一个女孩独自坐在吉卜赛帐篷前面的草地上，在午后的阴影下编结发辫。

她的小狗对着她那双忙碌的手又跳又叫，仿佛她干的是毫无意义的事儿。

任她怎样叱责它都没有用，她叫它"讨厌的东西"，又说她给它这样一个劲儿的傻气搅得厌倦了。

她伸出那根蹊怪的中指敲打它的鼻子，但是这样似乎反而逗得它更乐了。

她板了一会儿脸恐吓它，警告它灾难就要降临；可是随后她却放下自己的发辫，一下子把它捉到怀里，大笑着，把它搂在胸前。

……

17

　　若是这个从集上归来的穷汉，能突然被人举升到一个遥远时代的峰巅，人们也许会停下他们的工作而向他欢呼，欣喜地向他奔去。

　　因为他们再不会把他贬降成为一个农夫，而会发现他充满了他那个时代的神秘和精神。

　　甚至连他的贫穷和苦痛也会化为伟大，不再受到现实生活的浅薄的羞辱，而在他的篮子里的那些卑贱的东西，也会赢得动人怜悯的尊严。

18

　　他一早出门，在一条被一排喜马拉雅杉树遮住的路上散步，道路盘绕着山岭，像坚定不移的爱情。

　　他手里握着他的新婚妻子从他们家乡寄来的第一封信，恳求他回到她那儿去，并且要他赶快回去。

　　在他散步的时候，一只阻隔在远方的手跟随着他，抚摸着他，天空也仿佛响彻着那封信的呼唤："亲爱的，我的亲爱的，我的天空已经盛满了眼泪了!"

　　他惊愕地问自己，"我怎么值得她这样呢？"

　　太阳骤然出现在蔚蓝的山脊上，四个女郎高声嬉笑着，从山外的河岸跨着轻快的步伐走来，一条吠叫着的狗儿跟在她们后面。

　　两个年纪稍长的女郎看到他那副木然的奇怪神色，忍不住要笑，为了掩藏她们的欢乐，便转过身去，而那两个年幼的女郎，却你推我拥地高声大笑，欢天喜地地跑开去了。

　　他停下脚步，垂下头来。继而他蓦地觉到手中的书信，便重新打开信来阅看。

19

把庙里的神像放上金辇，绕着圣城巡行的这一天来到了。

王后对国王说，"走吧，咱们去参加节会。"

一家大小都朝香顶礼去了，只有一个人没有去。他是采集矛尖草给国王的宫殿做扫帚的人。

侍仆的总管怜悯地对他说，"你可以跟我们一起去。"

他垂头回答说，"这不行哪。"

这个人就住在国王的侍臣们必经的那条大路旁边。大臣骑着象来到这儿的时候，便向他喊道，"来跟我们一起去看坐着金辇的神吧!"

"我不敢照着帝王的样子去寻找神明。"这个人说。

"你怎么能再有这样幸运的机会看见乘着金辇的神呢?"大臣问。

"等到神自己来到我门口的时候。"这个人回答说。

大臣哈哈大笑，说，"傻瓜!'等到神来到你门口的时候!'可是一个国王却还得劳驾跑去看他呢!"

"除了神还有谁来访问穷人呢?"这个人说。

20

日子一天天的流逝，残冬已经过去，阳光下，我的狗在用它狂野的方式和娇爱的小鹿嬉戏着。

到市场去赶集的人们会聚在篱边，他们哗笑着观赏这两个游伴，在竭力用互不相通的语言来表示爱情。

空气里春意荡漾，嫩绿的新叶像火焰般的跳动着。每当小鹿窜跳起来，向自己的移动的影子弯下头去，或者竖起了耳朵倾听微风的低语时，它的乌黑的眼睛里有一道闪光在舞跃。

春的消息同漫游的微风和散播在四月天空中飒飒的林声与微光一起飘来。它咏叹世间的青春第一次的苦痛，当第一朵鲜花从苞蕾里绽放，爱情抛弃了它所熟悉的一切而去寻求它所不知道的东西的时候。

于是一天下午，在阿姆洛克树林里，林影受到光线偷偷的爱抚，变得庄穆而又优美的时候，小鹿撒腿飞奔，好像一颗热爱着死亡的陨星。

天黑了，屋子里灯火已经点亮；星星出现了，夜已降临在田野上，但小鹿始终没有回来。

我的狗呜咽着向我跑来，它那双可怜的眼睛含着疑问，似乎在向我诉说，"我不懂得!"

可是有谁懂得呢?

21

我们的巷子是弯弯曲曲的，仿佛多少世代以前，在她开始探索目的地的时候，她曾经左右彷徨，此后就永远停留在迷乱之中。

天空中，在她那些建筑物之间，像缎带似的悬挂着一道从空间撕下来的狭带：她把它唤作蓝城的妹妹。

她只有在中午短短的时刻见到阳光，因此她聪明地向自己提出疑问，"这是真的吗？"

六月的雨，有时好像用铅笔的涂线掩去了她那一道日光。小路变得泥泞溜滑，雨伞互相碰撞。头顶上喷水口里突然喷射出一股股水，溅泼在她的惊骇的路面上。在惊慌失措之中，她把这当作是造物的一个无礼的狡计。

春风在她的曲折盘旋之中迷失了道路，像一个喝醉了酒的流浪汉，在墙边和犄角上跌跌撞撞，把尘土飞扬的天空撒满了碎纸和破布。"这有多么愚蠢呀！难道神灵都发了疯了吗？"她在愤怒之中高呼。

但是每天从两边房子里倾倒出来的垃圾——混合着灰烬的鱼鳞，剥下来的菜皮，烂水果和死老鼠——却从来没有引起她提出疑问，"为什么会有这些东西？"

她接受每一块铺在她路面上的石子。但有时候有一根草从石缝里伸出头来向上偷看。这使她勃然大怒。在一致的行动之下，岂能容许这种侵扰？

一天早晨，在秋天的光辉抚触之下，她的那些房子从梦中醒来，变得十分美丽，她对自己低低地说，"在这些建筑物的后面有一种无边的奇迹。"

但是时间一小时一小时地过去；屋子里的人都活动起来了；少女从市场上悠闲自在地走回家来，她摆动着右臂，左臂把一篮食物挽在身边；厨房里飘出的气味和炊烟，使空气变得重浊起来。这样使我们的巷子再一次明白，那真实和正常的只是由她自己、她的房屋以及它们的垃圾组成的。

22

这所房子，在它的富贵盛年已经逝去以后，仍旧留连地站在路畔，好像一个背上披着一块千补百衲的破布的疯子。

岁月日复一日地用凶恶的爪子把它抓得伤痕斑斑，淫雨的季节也在它的赤裸裸的砖石上留下了它们的古怪的签名。

在楼上的一间废弃的房间里，两扇对合的房门有一扇已经从生锈的铰链上掉了下来；于是那另一扇孤独无偶的门，在一阵阵的疾风中，从早到晚的砰砰作响。

一天晚上，从这所房子传出了女人号啕痛哭的声音。她们悲悼家里最后一个儿子的夭逝，他是在流动剧团里扮演女角来谋生的一个十八岁的孩子。

过了没有几天，这所房子静下来了，所有的门户都锁起来了。

只有楼上那间房间的向北的一面，那扇孤独的房门既不愿意掉下来休息，也不愿意关闭起来，而像一个折磨自己的幽灵，在风中前后摇摆。

过了一些日子，这所房子又一次震响着孩子们的声音。在阳台的栏杆上，女人的衣服晾在阳光里，一只鸟儿在一只覆盖着的笼子里鸣叫，一个孩子在平台上放着风筝。

一个房客到这儿来租了几间屋子。他收入很少，却有许多孩子。那位劳累的母亲殴打他们，他们便在地板上打着滚儿哭叫。

一个四十岁的女佣，一天到晚辛辛苦苦地干着活儿，同她的女主人吵嘴，威胁着说她要辞去，可是从来也没有辞去。

每天做一些微小的修葺。纸贴上了没有玻璃的窗棂，栅栏的缺口用竹片修补了起来；一只空箱子把没有门闩的房门顶住了；陈旧的污渍从新近粉刷的墙壁上隐约的显露出来。

富贵的尊荣原已在惨淡荒芜之中找到了合适的纪念；但是他们因为缺乏足够的财力，便用暧昧的办法来掩盖这种惨淡荒芜的景象，于是使它的尊严受到了侮辱。

他们忽略了朝北的那间废弃的房间。它那扇孤独的房门依旧在风中砰砰作响，仿佛失望之神在捶打着她自己的胸脯。

23

在森林的深处，苦行的修士紧闭着眼睛在苦苦地修炼；他想要使自己能够进入乐园。

但是那拾柴的姑娘在衣裙里给他带来了果子，又用树叶做成的杯子从溪流里为他取来了清水。

日子一天天地过去，他的修行变得愈加艰苦了，到后来他绝口不尝果子，也不喝一滴清水。那拾柴的姑娘感到非常悲伤。

乐园里的上帝，听说有一个人大胆地想使自己成为神灵。他曾经一次又一次地同他的劲敌泰坦们战斗，把他们摒拒在他的王国之外；但是他惧怕一个具有忍受苦难的力量的人。

但是他懂得凡夫俗子的癖好，于是他安排了一个诱饵来引诱这个凡人放弃他的冒险。

从乐园吹来一口气，吻拂着那个拾柴姑娘的肢体，她的青春由于一阵猝发的美丽的快乐而感到痛苦，她的思想也仿佛像蜂巢受到袭击的蜜蜂在嗡嗡的作响。

苦修士要离开森林，到深山的洞穴去完成他的严格的苦行的时候来到了。

当他睁开了眼睛准备启程的时候，他看见那个姑娘好似一首熟悉而已被遗忘的诗歌，因为新添了一种曲调而变得陌生起来了。苦修士从他的座上站起来，告诉她这是他离开森林的时候。

"但你为什么要夺去我给你效劳的机会呢？"她眼眶里含着泪珠问道。

他重新坐下来，沉思了好久，便在原处留了下来。

那天晚上，姑娘心里悔恨，一夜没有成眠。她开始害怕自己的力量，憎恨自己的胜利，但是她的内心却在狂喜的波浪之上颠簸摇荡。

到了早晨，她走到苦修士的面前，向他施礼，请他为她祝福，说她必须离开他。

他默默地望着她的脸，接着，他说，"去吧，祝你如愿。"

多少年来，他独自静坐着，直到他的苦修功成圆满的一天。

众神之主从天上降临，告诉他已经赢得了乐园。

"我不再需求乐园了。"他说。

上帝问他所希望得到的更大的报酬是什么。

"我要那个拾柴的姑娘。"

24

　　他们说织布的喀毗尔是上帝所宠爱的人，因此大家围着他，求他施舍灵药和显现神迹。但是他感到非常苦恼；在这以前，他的微贱的出身，已经赋予他一种极其可贵的默默无闻，他歌唱，并且和上帝接近，使这种默默无闻的生活变得非常甜蜜。他祈求他能保持这种默默无闻的生活。

　　教士们妒忌这个鄙夫的声名，于是他们勾结了一个娼妓去污辱他。喀毗尔到市场上去出卖他织成的布匹；那个女人抓住了他的手，骂他无情无义，并且跟到他的家里，说她不愿被他遗弃，这时喀毗尔对自己说，"这是上帝在用他自己所喜爱的方式来回答祈祷。"

　　这个女人立刻感到一阵恐惧的战栗，她跪下来哭喊说，"把我从罪恶里救出来吧！"他回答说，"把你的生命敞开，向着上帝的光明！"

　　喀毗尔在纺机上一边织布一边歌唱，他的歌声洗去了那个女人心里的污点，而作为报答的是他在她的甜蜜的声音中找到了慰藉。

一天，国王凭着一时的任性，宣召喀毗尔进宫，命他在自己的面前唱歌。这个织布工人摇摇头不愿意去，但是使者一定要完成了主人的使命以后，才敢离开他的门口。

国王和他的臣子看见喀毗尔走进殿来都大惊失色。因为他不是一个人，他的后面跟随着那个女人。有人在微笑，也有人在皱眉，而国王看到这个乞丐的傲慢无耻的神气，脸色变得阴沉了。

喀毗尔屈辱地回到家里，女人倒在他的脚边哭道，"为什么要为我忍受这样的羞辱，主人？让我回到丑恶的名声中去受罪吧！"

喀毗尔说，"上帝带着屈辱的烙印来临，我不敢把他赶走。"

……

26

这个人没有任何正经的事儿，他只有各种各样不同的幻想。

因此在他的一生虚度于微不足道的琐事之后，发现自己已置身于乐园之中，便觉得奇怪起来。

现在导引的人把他领错了一个乐园，领到一个只是给善良而忙碌的人们居住的乐园里来了。

在这个乐园里，我们这个人在路上逍遥逛荡，只是阻碍了事务的奔忙。

他闪避到路畔，人家警告他践踏了播下的种子。人家一挤，他就惊跳起来；人家一推，他就继续向前走。

一个非常忙碌的女郎来到井上汲水。她的脚在路上奔跑，好像敏捷的手指在竖琴的弦上划动。她匆匆地把头发随便挽了一个结，她额上的蓬松的鬈发钻进了她乌黑的眼睛。

这个人对她说，"你愿意把你的水壶借给我吗？"

"我的水壶？"她问，"要汲水吗？"

"不？给它画一些花纹上去。"

"我可没有空给你闹着玩儿。"女郎轻蔑地拒绝说。

现在一个忙碌的人，没有空闲来反对一个极度闲散的人。

每天她在井边碰见他，而他也每天重复同样的要求，最后她让步了。

我们这个人用稀奇古怪的颜色和许多神秘而错综的线条，在水壶上画上花纹。

女郎接过水壶，在手里转弄着，问道，"这是什么意思？"

"没有什么意思。"

女郎把水壶带回家去了。她提起这把水壶，把它放到各种明暗不同的光线下面，竭力想找出其中的奥妙。

在夜里，她下床来点了一盏灯，站在各种不同的方向盯着那把水壶。

这是她第一次遇见一件没有意义的东西。

第二天，这个人还是站在井边。

女郎问他，"你要什么？"

"我还要为你做一件事情。"

"什么事儿？"她问。

"请容许我编一根彩色的丝带来给你绾发。"

"有什么必要吗？"

"没有任何必要。"他承认说。

丝带编好了，从此以后，她在头发上费去了许多时间。

那个乐园里按部就班、充分利用的时间，开始显出不规则的裂痕来了。

长老们感到苦恼：他们召开了会议。

那个导引的人承认自己闯下了大祸，他说他把这个人带错了地方。

这个误入乐园的人被传唤来了。他的头巾彩色鲜艳，像火焰般的炫目，一望可知这祸闯得有多么大。

长老的首领说，"你必须回到人间去。"

这个人宽慰地吐了一口气说，"我已经准备好了。"

那个用丝带束发的女郎接口说，"我也准备好了!"

这是长老的首领第一次遇见没有意义的场面。

27

据说在森林里，靠近河流和湖泊会合的地方，有一种仙女乔装改扮住在那儿，她们要等自己飞去以后，才让人们识破真相。

一个王子走进这座森林，当他走近河流和湖泊会合的地方，他看见河岸上坐着一个乡下姑娘，她在拨弄流水，教百合在水上舞蹈。

王子低声地问她，"告诉我，你是什么仙女？"

这个姑娘给他问得笑了出来，山坡上震响着她的欢悦。

王子心想她是爱笑的瀑布仙女。

消息传到国王的耳朵里，说王子娶了一位仙女，他便派遣了人马，把他们带到他的王宫里。

王后看见了这个新娘，厌恶地转过脸去，王子的妹妹窘得脸红，侍女们也在问，难道仙女就是这样打扮的吗？

王子低声地说，"嘘!我的仙女是改扮了到咱们家里来的。"

一年一度的节会来到了，王后对她的儿子说，"告诉你的新娘，咱们的亲戚要来看看仙女，教她不要在亲戚面前丢咱们的脸。"

于是王子对他的新娘说，"看在我对你的爱情的分上，在我们的亲戚面前显一显你的真相吧。"

她默默地坐了好久，继而点头允诺，这时候眼泪滚下了她的面颊。

圆月皎洁，王子穿着一身婚服，走进他的新娘的房间。

房间里阒无人影，只有一道从窗口射进来的月光，斜照在床上。

王亲国戚随着国王和王后拥进新房，王子的妹妹站在门旁。

大家问道，"仙女新娘在哪儿？"

王子回答说，"为了让你们认识她的真相，她已经永远消逝了。"

……

29

山溪像一把光芒闪烁的弯刀，被黄昏插入了暮色的刀鞘，一阵鸟雀突然在头上飞过，它们挥动着高声大笑的翅膀向前冲飞，宛如穿行在群星之中的一支利箭。

它在所有凝然不动的万物心中，涌起了一种对速度的激情；群山似乎在它们的胸中感到暴风雨阴云的苦痛，而树林则渴望挣脱它们生根的枷锁。

这些鸟雀的冲飞，为我撕碎了静寂的面幕，在深邃的沉静之中，泄露出巨大的颤动。

我看见这些山峦和森林，越过时间飞向未知的境域，黑暗在繁星飞过的时候，颤成了火花。

我觉得在我自己的身体里，同样有鸟儿振翅疾飞越过海洋的那种力量，在生与死的界限之外划出了一条道路，而在这时候，漂泊的世界以众口纷纭的声音喊着"不是这里，在别的地方，在迢迢的远方的心里"。

30

人们惊奇地倾听着青年歌手迦希的歌唱，他的歌声宛如竞技会上的一把利剑，在千绪万端的纷杂纠结之中翻滚飞舞，把它们劈成粉碎而欢呼。

老钵罗多钵王厌烦地忍耐着，坐在听众中间。因为他自己的一生曾受巴拉嘎尔的歌声的围绕和哺育，好像一脉流水蜿蜒多姿地缀饰着的一片乐土。他那些阴雨的黄昏和秋日静谧的时分，曾透过巴拉嘎尔的歌声向他的心田倾诉，他的狂欢宴饮之夜也曾应和着那些歌曲，剪剔灯花，敲起丁当的银铃。

当迦希停下来休息的时候，钵罗多钵微笑着向巴拉嘎尔挤眼，低低地对他说，"大师，现在让我们听点儿音乐，可不是这种模仿蹦蹦跳跳的小猫，捕捉瘫痪的老鼠的新兴的曲子。"

这位缠着洁白的头巾的老歌手，向到会的人们深深地鞠了一个躬，坐上了座位。他的瘦骨嶙峋的手指弹起了乐器，他闭着眼睛，在胆怯的迟疑中，开始歌唱。厅堂很大，但是他的歌声软弱无力，钵罗多钵炫耀地高声喊着"好啊!"但是他在巴拉嘎尔的耳边低声说，"朋友，大声一点儿!"

听众烦躁起来了，有的在打呵欠，有的在打瞌睡，有的在抱怨天热。厅堂里嗡嗡地响着一片不专心倾听的嘈杂声，而歌声好像一只脆弱的小船，在这上面徒然地颠簸摇荡，终至沉没在这喧哗嘈杂之中。

突然，这位老人心里受了打击，忘记了一段歌词，他的声音痛苦地摸索着，仿佛一个瞎子在市集中摸索他失散的引路人。他想用任何临时出现的调子来填补这个裂口，但是裂口仍旧张着嘴巴：痛苦的旋律拒绝为需要服务，而突然改变了音调，化作一声低泣。这位大师把头伏在乐器上，从内心迸发出了婴儿在降生人间时的第一声哭叫，代替了他所忘记的音乐。

钵罗多钵轻轻地拍了拍他的肩膀，接着说，"走吧，我们的聚会不在这里，我的朋友，我知道，没有爱的真理是孤独的，而美既非人人所共赏，也不存在于片刻之间。"

游思集

211

31

　　喜马拉雅，你在世界的少年时代，从大地开裂的胸中跳出来，就把你燃烧着的挑衅山连山地掷给了太阳。继而成熟的时代来临，你对自己说，"够了，不要再向远处伸展了!"你那颗渴慕云霞自由的火热的心，发现了自己的限度，便凝然屹立，向无限致敬。你的激情经过这番抑制以后，美丽就在你的胸脯上任情游戏，信任怀着繁花和飞鸟的喜悦围拥在你的四周。

　　你孤零零地独自坐着，像一个博览群书的学者，在你的膝上放着一本翻开的用数不尽的石头篇页编成的古书。我想知道，这里面写的是什么故事？——是神圣的苦修士湿婆和爱神婆伐尼的永恒的婚礼？——是恐惧向脆弱的力量求婚的戏文？

　　……

33

　　我的眼睛感觉到这天空的深邃的宁静，它在我的周身激起了一种如同树木在举起它那杯子般的绿叶来斟满阳光时的感觉。

　　我的心中升起一缕情思，如同绿草在太阳下散发出来的温馨的气息；它混合着流水拍岸的呜咽声和乡村小巷里的倦风的叹息——我想起我曾与这世界的全部生命共同生活，并且赋予它我自己的爱恋和悲愁。

　　……

37

请赐我以爱的崇高的勇气,这就是我的祈求——那种敢于言谈,敢于行动,敢于听从你的意志而忍受苦难,敢于摒弃万物或为万物所摒弃的勇气。在奔赴危险的使命中,请予我以坚强,以苦痛来荣耀我,并助我攀登那每日为你而贡献的艰难的心怀。

请赐我以爱的崇高的信赖,这就是我的祈求——那种在死亡之中的生命所有的信赖,在失败之中的胜利,在最脆弱的美丽之中的威力,以及在忍受屈辱而不屑睚眦相报的苦痛之中的尊严所有的信赖。

采果集

1

吩咐我，我就将采集我的果实，满筐满筐地送往你的庭院，尽管有的已经失落，有的还没有成熟。

因为这季节已丰富得不堪负载，而浓阴里正传来牧羊人哀伤的笛声。

吩咐我，我就将在河上扬帆启航。

三月的风烦躁不安，它把滞缓的波浪吹得汩汩作响，

果园已经献出它的一切，在这黄昏的疲惫的时分，你的呼唤在夕阳余晖中从你那所岸边的屋子传来。

2

　　我的生命在年轻时像一朵花——一朵从它的丰富中放出一片或两片花瓣而从不感到损失的花，当和煦的春风来到它的门前恳求的时候。

　　如今当青春老去，我的生命像一个果实，它已经没有什么可以给予，等待着把它自己和它充盈的甜蜜全部呈献。

　　……[1]

———————

[1]　3，原缺。

4

我醒来，发现他的信与黎明同在。

我不知道信里说的什么，因为我不识字。

我且让聪明人自去读他的书，我不想去麻烦他，因为谁知道他是否能看懂这信里说的话，

让我把信高高举到我的额头，把它紧紧贴在我的心坎。

当夜阑人静，星星一颗颗闪现，我把信摊在我的膝头，静静地守着。

那林中沙沙的叶声将高声地把信读给我听，潺潺的流水将喃喃念出这封信，而那智慧的七星将从天际把信唱给我听。

我无法找到我所寻求的，我也无法理解我所愿意知道的；但这封没有读过的信已经减轻了我的负担，而且把我的思绪化为歌曲。

5

一把尘土能掩去你的暗示，当我不懂得它的含义的时候。

如今我已稍能解事，我悟出了它以前掩藏的全部意义。

它被绘成了一片片花瓣；浪花以泡沫使它闪烁发光，群山把它高高举在山巅之上。

我以前把头从你面前转开，因此我解错了信的含义，不知道它到底是什么意思。

6

在铺设道路的地方，我迷了路。

在浩淼的海上，在湛蓝的天空，没有一丝儿路的痕迹。

群鸟的翅翼，点点的星火，四季流转的繁花，淹没了路径。

于是我问我的心，是不是它的血液里自有智慧，能找到那看不见的道路。

7

　　唉，我不能留在这所屋子里，因为这个家已经不是我的家，因为那永恒的异乡人在呼唤，他正沿着大路走来。

　　风已停息，海在呻吟。

　　我撇下我所有的烦恼和疑虑，去跟踪那无家可归的波浪，因为那异乡人在呼唤，他正沿着大路走来。

8

准备出发吧，我的心！让那些必须停留的人徘徊不前
吧。

因为在清晨的天空中，已经在呼唤你的名字。

不用等谁了！

花蕾企求的是夜和露，而盛开的花朵却要求光明的自
由。

冲出你的护鞘，去吧，我的心！

9

当我留恋于我积聚的财富之中时，我觉得我仿佛是一只蛀虫，在黑暗中啃啮它所滋生的果实。

我要离开这座腐朽的牢狱。

我不愿出没于这种腐朽的静止之中，因为我要去寻找永恒的青春；我抛却一切不与我的生命融为一体，不似我的笑声一般轻盈的万物。

我在时间中奔驰，而你，哦，我的心，在你的四轮马车里，那行吟诗人且歌且舞。

10

你握住我的手，把我拉到你的身边，让我当着众人的面坐在高高的座位上，直到我变得战战兢兢，不能动弹也不能自由行动；每走一步我都疑虑重重，考虑再三，唯恐踩上人们蔑视的荆棘。

我终于得到了解放!

打击来临了，侮辱的鼓声擂响了，我的座位坠落在尘埃之中。

在我的前面，我的道路已经开通。

我的双翼满怀着对天空的渴慕。

我要飞去与那夜半流逝的星星会合，投入那深邃的阴影。

我恍如那暴风雨所追逐的夏云，它扔掉金冠，像一把利剑似的把霹雳挂在闪电的链环上。

狂喜中，我在卑贱者行走的尘埃飞扬的小路上奔跑；我朝着你的最后的欢迎逼近。

当婴儿离开了子宫，他便发现了母亲。

当我被撵出了你的家，离开了你，我就能自由地看见你的面容。

11

我这串镶着珠宝的项链，它打扮我只是为了嘲笑我。

当它挂在我的颈子上的时候，它擦伤我；

当我使劲要把它扯下来的时候，它又使我窒息。

它卡住我的喉咙，阻塞我的歌声。

倘若我能把它呈献在你手中，我的主人，我就会得救。

把它从我的颈子上取走吧，而用一只花环把我束在你的身边作为交换，因为如果颈上戴着这串珠光宝气的项链站在你的面前，会使我感到羞愧。

12

山下远处，朱木拿河清澈而湍急地奔流；河上，堤岸皱眉蹙额地矗立着。

群山林木森森，飞湍奔泻的激流，随处可见。

锡克教的大师高文达坐在岩上读经，这时他那自诩富有的门徒拉古纳斯走来向他鞠躬施礼，说道："我给您带来了一份不成敬意的薄礼。"

说着，他在老师面前拿出一对嵌着宝石的金手镯。

大师拿起一只手镯套在手指上转动，手镯上颗颗钻石放出道道霞光。

突然间，那只手镯从他的指头滑出，滚下堤岸落入水中。

"哎呀"，拉古纳斯尖叫一声，便跳进流水。

老师目不转睛看着他的经卷，河水卷起又吞下它所窃取的一切，又径自奔流前去。

白昼消逝了，这时拉古纳斯精疲力竭，水淋淋地回到他的老师身边。

他喘息着说："如果您告诉我手镯掉在哪儿，我还是能把它找回来的。"

老师抓起那留下的一只手镯，把它扔进水中，说道："就在那里。"

13

前进不息是为了每时每刻都能遇见你，

旅伴呵！

歌声是为你的步履落地而唱。

那为你的呼吸所触动的人，他并不凭借堤岸的庇护随波
逐流。

他毫无顾忌地迎风扬帆，在波涛汹涌的海上航行。

那把自己的门敞开，向前走去的人，他受到你的问候。

他决不为计算所得或悲叹所失而驻留，他的心为他的征
途擂起鼓声，因为这是与你并步前进的出征，

旅伴呵！

14

在这个世界里，我应得的最佳份额将来自你的手中：这是你的诺言。

因此你的光辉在我的泪珠中闪烁。

我怕别人来引导我，唯恐因此失去你，在一条大路的角落，你正等着我做我的向导。

我任性地走我自己选择的路，直到我的愚蠢的行为把你引诱到我的门前。

因为你许诺过我，在这世界上我应得的最佳份额将来自你的手中。

15

　　我的主人，您的话语简单明了，可是那些谈起您的人，他们的语言却不是那样。

　　我懂得您的星星的话语，懂得您的树林的寂静。

　　我知道我的心会像一朵花那样开放；也知道我的生命在一个隐秘的泉边已经把自己充盈。

　　您的歌，像来自冷寂的雪原的飞鸟，飞到我的心里筑巢，等待那四月的温暖，而我却满足于期待那欢乐季节的来临。

16

　　他们认得路，他们循着那条陌巷去寻找你，可是我到处漂泊，直到夜色降临，因为我是愚昧无知的。

　　我受过的教育不足以使我畏惧隐没在黑暗中的你，所以我不知不觉地来到了你的门前。

　　聪明的人们斥骂我，命令我走开，因为我没有从那陌巷里走来。

　　我疑惑地转过身去，但是你紧紧拉住了我，于是他们一天比一天大声斥骂我。

　　......[1]

---

[1]　17，原缺。

18

不，不该由你来揭开花蕾，使它绽放花朵。

任凭你摇动花蕾，拍打花蕾；要使它开花，不是你力所
能及的。

你的触摸玷污了它，你把它的花瓣撕成碎片，委弃在尘
土里。

但是看不见绚丽的颜色，也闻不到馥郁的芳香。

啊!不该由你来揭开花蕾，使它绽放花朵。

能揭开花蕾的人，他做得非常简单。

他只消瞅它一眼，生命之液就流遍它的血脉。

他吹一口气，花朵就张开翅膀，在风中颤摇。

缤纷的色彩像内心的渴望一样涌现，馥郁的芳香沁出一
缕甜蜜的秘密。

能揭开花蕾的人，他做得非常简单。

19

园丁苏达斯从他的水罐里抽出严冬残留的最后一朵莲花，走到宫殿门前，想把莲花卖给国王。

在宫门前，他遇见一个旅人对他说："请问这朵最后的莲花值多少钱——我要把这朵莲花奉献给佛陀。"

苏达斯说："如果你付出一枚金马沙，莲花就归你。"

旅人给了他一枚金马沙。

这时，国王走出来，他想买这朵花，因为他正要去朝拜佛陀，他想："如果把这朵在冬天开放的花呈献在他的脚下，那将是一件多妙的事。"

当园丁说他已经收下了一枚金马沙的时候，国王给了他十枚金马沙，但是那个旅人愿意付出双倍的价钱。

园丁是个贪心人，看到他们为了佛陀在哄抬价格，他想从佛陀那里得到更大的好处。他弯身致礼说："我不能出卖这朵花了。"

城外，在芒果树林静寂无声的浓荫里，苏达斯站在佛陀面前，佛陀的唇上憩息着爱的寂静，眼睛闪耀着安谧，像露湿的秋天的晨星。

苏达斯凝视着他的脸，把莲花放在他的脚边，叩首尘埃。

佛陀微笑着问道："你想要什么，我的儿子？"

苏达斯叫道："我只想碰一碰你的脚。"

20

让我做你的诗人吧，哦，夜，蒙纱的夜！

有些人在你的阴影里默默无语地静坐了多少年代；让我唱出他们的歌声。

把我载上你那无轮的马车吧：悄无声息地奔驰于四极八荒，你这深居时间宫殿里的帝后，你这黝黑的美人。

多少喜爱寻根究底的人偷偷溜进你庭园，在你没有灯火的屋子里徘徊，寻找答案。

多少颗心被那未知射出的喜悦的箭镞穿透，从心中迸发出欢乐的赞歌，把黑暗震得摇摇欲坠。

那些不眠的人，在星光中瞠目凝视他们突然发现的宝藏。

让我做他们的诗人，哦，夜，做你那深不可测的静寂的诗人。

21

　　总有一天我会遇见在我内心的生命，会遇见那藏在我的生命中的喜悦，尽管流逝的岁月用它们无谓的尘埃扰乱我的道路。

　　我曾在它隐约的闪现中认识了它，它一阵阵的呼吸吹到我的身上，使我的思绪一时变得芳香动人。

　　总有一天我会遇见在我身外的喜悦，它滞留在光明的帷幕后面——而我就将站在充溢的寂寞之中，在那里世间万物一览无余，犹如它们被造物主看到的一样。

　　……[1]

---

[1]　22，23，原缺。

24

夜色深沉，你在我生命的沉默中酣睡。

醒来吧，哦，爱的痛苦，因为我不知道怎样打开这扇门，我只能在门外伫立。

时间在等待，星星在谛视，风已停息，寂静沉重地压在我的心头。

醒来吧，爱，醒来吧！把我的空杯斟满，用一口歌唱的气息把这寂静的夜吹皱。

25

清晨的鸟儿在啭鸣。

当黎明犹未破晓，夜之龙把天空冷冽而黑暗地团团缠住的时候，他是从哪儿觅得这清晨的歌词的呢？

告诉我，清晨的鸟儿，他是怎样透过这天空和绿叶双重覆盖的夜幕找到进入你的梦中的道路，找到来自东方的使者的呢？

世界并不相信你，当你喊道："太阳出来了，黑夜已经过去。"

哦，沉睡的人，醒来吧！

赤露你的额头，等待那第一线光明的赐福，满怀欣喜的信念同清晨的鸟儿一起歌唱吧。

26

　　我心中的乞丐举起瘦骨嶙峋的双手伸向无星的天空，对着黑夜的耳朵喊出饥饿的声音。

　　他向失明的黑暗祈求，这失明的黑暗像一位堕落的神，躺倒在失去希望的凄凉的天国。

　　欲望的喊声绕着一道绝望的裂罅回旋，像一只哀鸣的鸟绕着空巢盘旋。

　　但是当清晨在东方的边沿抛下锚链的时候，我心中的乞丐欢跃着叫道：

　　"多亏聋聩的夜拒绝了我的祈求——它的保险箱里已经空无一物了。"

　　他喊道："啊，生命，啊，光明，你是宝贵的！我终于认识了你，这种喜悦也是宝贵的！"

27

　　萨纳丹在恒河边正数着念珠祈祷，一个衣衫褴褛的婆罗门来到他的面前说："救救我，我好苦啊!"

　　"我只有一只施舍碗了，"萨纳丹说，"我已经把我的东西都给光了。"

　　"可是大自在神托梦给我，"婆罗门说，"教我前来求你。"

　　萨纳丹忽然想起他曾在河堤边卵石堆里捡到一块无价的宝石，当时他想，有人也许需要它，便把它藏在沙里。

　　他给婆罗门指出了地点，婆罗门惊异地挖出了那块宝石。

　　婆罗门坐在地上，独自沉思，直到夕阳沉落在树林后面，放牛倌都赶着牛群回家了。

于是他站起来，缓步走到萨纳丹面前说道："大师，有一种财富足以笑傲世间一切财富，请给我一丁点儿那样的财富。"

　　说罢，他把那块珍贵的宝石扔进河里。

28

一次又一次我来到你的门前，伸出双手要求你给我多些，更多些。

你给了又给，有时迟缓而稀少，有时急疾而过量。

有些我保存下来，有些我任它失落；有些沉甸甸地放在我的手上；有些我把它做成玩具，当我玩腻了又把它砸碎；直到你给我的礼物，打碎的和储存的，多得不可胜数，最后遮住了你，而我则因永无止息的期待而灰心丧气。

拿去吧，啊，拿去吧——现在已成为我的呼喊。

把这个乞丐碗里的东西全打碎吧：吹灭这盏讨厌的守夜人的灯吧，抓住我的双手，把我从这堆还在日积月累的你的礼物中拉出来，提升到你所在的空阔而赤露的无限中去。

29

你把我置于失败者之列。

我知道我不该取胜，也不能离开这场比赛。

我将跃入深渊，虽然结果只能沉向水底。

我将参加这场使我毁灭的比赛。

我将把我所有的一切作赌注，当我输去最后一分钱的时候，我将把我自己作赌注，这样我想，我将从我彻底的失败中赢得这场比赛。

30

一抹欢乐的微笑掠过天空，当你给我的心穿上破衣烂衫送她上路去乞讨的时候。

她挨家挨户地乞讨，多少次当她的碗里快要盛满的时候，她就给人抢劫一空。

疲惫的一天过去，她举着她可怜的碗，来到你的宫殿门口，你走出来握着她的手，让她坐在你身旁的宝座上。

31

"你们中间有谁愿意行善赈济饥民？"希拉伐斯蒂城饥荒严重，释迦问他的信徒们。

银行家拉特纳卡奋拉着脑袋说："我的全部财产远远不够赈济饥民所需要的巨大的财富。"

国王的军队司令贾伊斯说："我乐意献出我生命的鲜血，我家里吃的东西也不够。"

达马帕耳广有良田，他叹了口气说："旱魃已经把我的田亩都吮干啦，我不知应该怎样向国王交纳税赋呢。"

这时，乞丐的女儿苏普里雅站了起来。

她向大家弯身施礼，谦卑地说："我愿意赈济灾民。"

"啊!"他们惊呼道。"你怎样才能实现你的誓言呢？"

"我比你们谁都穷，"苏普里雅说。"这就是我的力量。在你们每一个人的家里，有我的钱箱和仓库。"

32

我不认识我的国王，所以当他要求交纳贡物的时候，我居然想躲起来，不偿还债务。

我逃逸，逃之于白天的工作和夜里的梦。

但是他的要求时刻都在追逐我。

于是我开始领悟原来他认识我，而且没有为我留下一块属于我的地方。

现在我愿意把我的一切奉献在他的脚下，而取得在他的王国里拥有我一席之地的权利。

33

当我想要给你塑造一个从我的生命中构想的形象，让世人膜拜的时候，我取来了我的尘土，我的欲望，我的彩色缤纷的幻想和梦。

当我请求你用我的生命塑造一个你心中构想的形象，让你爱恋的时候，你取来了你的火和力量，真理，优美和安谧。

34

"陛下，"仆人向国王报告说，"圣徒纳罗塔姆不愿屈尊到您的王族的寺庙里去。

"他在大路边的树林下唱着赞美上帝的颂歌。寺庙里礼拜的人们全跑掉啦。

"他们都围在他的身边，像蜜蜂围着白莲，而撇下盛满了蜜的金缸，不加理睬。"

国王心里懊恼，他走到纳罗塔姆在草地上坐着的地方。

他问道："父啊，为什么不到我盖着金顶的寺庙里去，却在外面坐在尘土里宣讲上帝的爱？"

"因为上帝不在你的寺庙里。"纳罗塔姆说。

国王皱起眉头说："你不知道建筑这座艺术的奇迹花了两千万金币吗？也不知道曾经举行过隆重的仪式把它奉献给上帝吗？"

"是的，我都知道。"纳罗塔姆答道。

"就在那年，当时你成千上万的百姓房子烧毁了，他们站在你的门前恳求帮助而一无所得。

"那时上帝说：'这个可怜的人，他不能给他的兄弟们容身之所，却要给我建造庙殿！'

"于是他和那些无家可归的人一起留在路边的树林下。

"而那金泡里除了高傲的热气，空荡荡的一个人也没有。"

国王怒气冲冲地喝道："离开我的国家。"

圣徒镇定自若地说："是的，把我放逐到你放逐我的上帝的地方去吧。"

35

号角掉落在尘土里。

风已倦怠，光已熄灭。

啊，不祥的日子!

来吧，战士们，举起你们的旗帜，歌手们，你们也唱着战歌来吧!

来吧，行进的朝拜者，快奔向你们的旅程!

号角在尘土中等着我们。

我正带着晚祷的献礼走向寺庙，在一天尘埃满面的劳累之后，想寻找一个休息的地方，希望我的创痛能治愈，长袍上的污渍能洗净，这时我发现你的号角掉落在尘土里。

现在不正是我应该点亮我的夜灯的时候吗?

夜不是已经给星星唱过催眠曲了吗?

哦，你这血红的玫瑰，我的睡梦的罂粟却已暗淡失色，枯萎凋零!

我确信我的漂泊流离的生活已经过去，我的债务已经全部清偿，当我蓦地瞥见你的号角委弃在尘土之中的时候。

请用你的青春的咒语把我沉沉欲睡的心唤醒吧！

让我对生命怀有的喜悦像火焰般燃烧。

让那唤醒的尖箭支支射穿黑夜的心，让一阵恐惧的震颤摇落那昏聩和无能吧。

我已经前来从尘土中捡起你的号角。

酣睡已不再属于我——我将穿过如阵雨一般的密箭而前进。

有些人将从他们的屋子里跑出来，来到我的身边——有些人将暗暗哭泣。

有些人将在床上转辗反侧，在噩梦中呻吟。

因为今夜你的号角就要吹响。

我曾向你要求和平，而得到的只是羞愧。

现在我站在你的面前——请为我披上甲胄！

让那忧患困苦的打击，把烈火扫进我的生命。

让我的心在痛苦中搏动，化作你的胜利的鼓声。

我的双手将空空的一无所有，为了拿起你的号角。

36

当他们在欢欣若狂中扬起尘土，玷污了你的袍服的时候，哦，美丽的神，我的心为之悲痛欲绝。

我向你呼喊，并且说："拿起你的惩罚的戒杖审判他们吧。"

晨光照着他们通宵狂欢而发红的眼睛，在洁白的百合花盛开的地方闻到他们恶浊的气息，星星透过深邃的神圣的夜幕注视着他们狂饮欢宴——注视着那些扬起尘土玷污你的长袍的人，"哦，美丽的神!"

你的审判的座位在花园里，在春天鸟声的鸣啭里，在浓荫的河岸边，那儿树林轻声细语与汩汩的波声相应答。

哦，我的爱人，当他们沉溺于激情的时候，他们毫无怜悯。

他们在黑暗中潜行，想劫走你的珠宝饰物，装点他们自己的欲望。

当他们殴打你，使你痛苦的时候，也使我痛彻心肺，我向你呼喊说："拿起你的剑，哦，我的爱人，审判他们!"

啊，你的正义却是警觉的。

一位母亲的眼泪洒落在他们的傲慢无礼上；一个爱人的不灭的信念把他们反叛的利矛藏在它的伤口里。

你的审判在那无眠之夜的无言的痛苦中，在那贞洁的羞赧中，在那凄凉的夜的泪珠中，在那宽恕的苍白的晨曦中。

哦，令人敬畏的神，在他们沉溺于肆无忌惮的贪婪的时刻，他们黄夜翻过你的大门，冲进你的宝库，劫走你的东西。

但是他们劫掠的赃物越来越重，重得带不走也搬不动。

于是我向你呼喊说："饶恕他们，哦，令人敬畏的神!"

宽恕迸发为暴风雨，降落大地，把赃物都散落在尘土。

你的宽恕在那陨落的雷石中，在那阵雨般洒下的鲜血中，在那夕阳愠怒的残照中。

37

释迦的门徒乌帕古普塔酣睡在马土腊城墙边的尘土中。

家家户户灯都灭了，门都闭了，八月阴暗的天空掩去了群星。

那脚镯丁当、突然碰到他的胸脯的是谁的双脚？

他瞿然而醒，一个女人手里擎着灯，灯光照亮了他宽容的眼睛。

这是舞蹈女郎，头饰珠宝，披着浅蓝色的斗篷，沉醉在美酒般的青春之中。

她把灯儿凑近，打量那张年轻的脸，一张严肃而俊美的脸。

"原谅我，年轻的苦行者。"女人说。

"请光临寒舍吧，地上可不是睡觉的地方。"

苦行者回答说："女人，你别管我；时机成熟，我自会去找你。"

猛然间，一道闪电，黑沉沉的夜露出了牙齿。

暴风雨从天边轰然而至，女人恐惧地战栗着。

……

路边树林的枝桠因为花朵盛开而感到痛苦。

在春天和煦的空气中，从远处飘来欢乐的笛声。

人们都到林子里去了，去欢庆百花节去了。

中天的圆月凝眸注视着这座万籁俱寂的城市的阴影。

那个年轻的苦行者在空无一人的街上踯躅，头顶上，情思怏怏的杜鹃在芒果树的枝头倾吐它们失眠的哀诉。

乌帕古普塔穿过一道道城门，伫立在护城堤下。

那患着黑死病，遍体伤痕斑斑被匆匆赶出城外，如今倒卧在城墙阴影里的女人是谁？

苦行者在她身旁坐下来，把她的头放在膝上，用水润湿她的嘴唇，给她的身上涂上香膏。

"你是谁，慈善的人？"女人问道。

"看望你的时间终于来临，于是我来了。"苦行者答道。

38

我们之间不仅是爱情的嬉戏，我的爱人。

那呼啸的暴风雨之夜，一次又一次地向我扑来，吹灭了我的灯：于是暧昧的疑虑如乌云四合，抹去了我天空所有的星星。

河堤一次又一次地崩裂，任洪流卷走我的庄稼，哀号和绝望把我的天空撕得粉碎。

如今我已领悟：在你的爱里自有痛苦的打击在，但这决非死亡的冷漠无情。

39

大墙坍圮，光明像神圣的笑声冲进来。

胜利，啊，光明！

黑夜的心已经被你刺穿！

用你闪烁的长剑把那缠成一团的疑虑和软弱的欲望劈成两爿吧。

胜利！

来吧，你这不可调和的！

来吧，你这洁白无瑕使人凛然不可侵犯的。

啊，光明，在火的行进中，你的鼓声咚咚，红色的火炬高高举起；在光芒闪射之下，死亡消失得无影无踪！

40

啊，火，我的兄弟，我向你歌唱胜利。

你是那敬畏的自由的鲜红的形象。

你在空中挥舞双臂，你用你迅疾的手指划过琴弦，你的舞曲是那么美丽动听。

当我的岁月已尽，大门也已打开的时候，你就把束缚我手脚的羁绊全都烧成灰烬。

我的躯体将与你化为一体，我的心将卷入你狂烈的旋转之中，我的生命，那燃烧着的炽热，也将在刹那间闪烁发光，融入你的火焰。

41

船夫已出海夜航，渡越那波涛汹涌的大海，
船桅因狂风满帆而感到痛楚。
天空被夜的尖牙咬伤，坠落在笼罩着恐怖的海上。
波涛滚滚，浪峰扑向这罕见的黑暗，船夫正在海上，他要渡越这波涛汹涌的大海。

船夫出海了，我不知道他要去奔赴什么约会，他那骤然出现的白帆，惊动了黑夜。
我不知道他最后在哪儿登上岸滩，走向那点着灯火的静寂的庭院，找到正坐在地上等着的她。

他一叶扁舟，不管狂风暴雨也不管天昏地黑，究竟要寻求什么？
小舟满载着珍珠和宝石吗？
啊，不，船夫身边并无珍宝，他只是手里拿着一朵洁白的玫瑰花，嘴角唱着一支歌。

这是献给那点着灯在黑夜独自守望的她的。

她住在路边的茅屋里。

她的披散的长发在风中飞舞，掩去了她的眼睛。

暴风雨透过她的破敝的门扉呼啸而入，陶制的灯盏火光摇曳，在墙上投下幢幢黑影。

她从狂风的号叫声中，听见他在呼唤她的名字，她那不为人知的名字。

船夫出海已经很久了。

天色犹未破晓，他来敲门的时候还早。

不会有人敲起鼓声，也不会有谁知道。

但是光明必将普照这间茅屋，尘土必将受到祝福，心儿也必将欢悦。

当船夫来到岸边的时候，一切疑虑必将在寂静中消失。

42

在人世间狭窄的溪流中，我紧紧守住这具生命的筏，我的躯体。当我抵达彼岸时，我将弃之而去。

此后又将如何呢？

我不知道彼岸是否有光明，是否一样也有黑暗。

那未知者是永恒的自由；

他的爱是无情的。

珍珠在黑暗的牢狱里暗哑无言，他为了获取珍珠而打碎了贝壳。

你为那逝去的岁月沉思和哭泣，可怜的心！

为那即将来临的日子欢欣吧！

时钟已经敲响了，哦，朝拜的人！

现在是你临歧抉择的时候了！

他的脸将再一次显现，你必将邂逅。

43

在释迦的遗骸之上，国王比姆比萨尔建造了一座圣庙，一种以洁白的大理石表达的敬意。

每当黄昏时分，王室所有的新娘和公主都上圣庙去献花燃灯。

当王子成为国王以后，在位期间他血洗了父王的信念，用神圣的经卷点燃起牺牲的爝火。

秋日将暮。

晚祷的时刻已近。

王后的侍女，虔诚信奉释迦的希里玛蒂，以圣水沐浴后，把一盏盏明灯和素白的鲜花放在金盘里，默默地抬起眼睛望着王后的脸。

王后惊恐地颤抖着说："蠢丫头，难道你不知道，不论是谁上佛庙去奉献祭礼一律处以死刑吗？"

"这是国王的意愿。"

希里玛蒂深深一躬，便转身走出房门，来到王子的新嫁娘阿米塔的面前站住。

一面抛光的镜子搁在新娘的膝头，她正对镜梳妆，把乌黑的长发编成辫子，在头发分路处点上一颗鲜红的吉祥痣。

当她看到这个年轻的侍女时，她两只手都哆嗦起来，她叫道："你想给我招来多大的灾祸？马上离开我。"

公主苏克拉坐在窗边，凑着夕阳的余晖正读着一部爱情小说。

当她看见捧着神圣的献礼的侍女来到她的门前，她吓了一跳，书从她膝上掉落下来，她凑在希里玛蒂的耳边悄声说："你别去找死，大胆的丫头！"

希里玛蒂挨门逐户奔走。

她扬起了头，高声喊道："王室的妇女们，快来啊!"

"礼拜佛陀的时候到啦!"

有的迎面把她们的门砰地关上，有的斥骂她。

白昼的最后一抹余晖从王宫塔楼的青铜圆顶上消失了。

深沉的阴影降落在大街小巷的角落；市嚣已寂；大自在天神庙的锣声宣告晚祷的时刻已经来到。

秋天的夜空像湖水一般清澈深邃，星星因光明而颤动，这时御花园的卫兵们从林间惊讶地瞥见佛庙前明灯高照。

他们拔剑奔去，喝道："你是谁，蠢东西，你不怕死？"

"我是希里玛蒂，"一个柔美悦耳的声音回答，"佛陀的仆人。"

接着，她的心头迸出鲜血，染红了冰凉的大理石。

于是在星星静寂无声中，佛殿座前最后一盏祭灯熄灭了。

44

　　那站在你与我之间的日子，在向我们作最后的鞠躬告别。

　　夜把面纱蒙上了她的脸，也掩去了那盏在我卧室里燃着的灯火。

　　你那沉默的仆人悄无声息地走来，为你铺上新娘的红毯，好让你在无言的寂静中和我独自坐在那里，直到黑夜逝去。

45

　　我的黑夜已在悲伤的床上逝去，我的双眼也已感到倦怠。我的沉重的心却还没有准备好去迎接那充满着喜悦的黎明。

　　给这赤露的光明盖上一袭轻纱吧，把这耀眼的闪光和生命的舞蹈从我身边唤走吧。

　　让你那轻柔的黑暗的斗篷把我盖在它层层的折褶里，也把我的痛苦暂时盖起来，别让它承受这世界的压力。

46

　　我能报答她所给予我一切的时刻已经过去。

　　她的夜已经找到了自己的早晨，而你也已经把她抱在你的怀里：因此我给你带来我以前想对她表示的感谢和我以前想赠给她的礼物。

　　为了我过去对她的一切伤害和冒犯，我来到你的面前请求宽恕。

　　我献给你我这朵朵爱情的鲜花，当年她曾等待花儿开放，那时它们犹含苞未放。

47

　　我发现有几封我的旧信珍重地藏在她的匣子里———一些供她的记忆摩挲的小玩艺。她怀着一颗怯生生的心，想从时间的汹涌的流水中偷偷地藏下这些微不足道的东西，说"这些只是属于我的！"

　　啊，如今没有一个人要求占有这些信了，尽管他能付出爱恋的关切，作为它们的代价，但它们仍然留在这里。

　　的确，这世间自有爱在，使她不致丧失殆尽，一无所有，就像她这样的爱，痴情地珍藏了这些信。

48

　　把美和秩序复归我孤伶的生活吧，女人，恰似你在世时曾经把它们带进我的家一样。

　　扫去时间尘封的瓦砾，盛满空阒的瓶罐，把所有荒芜废弛的东西都修葺起来。

　　然后打开神殿的幽秘的门，点起蜡烛，让咱们在那儿，在上帝面前默默相见。

49

　　当琴弦在调谐乐音的时候，我痛苦难忍，我的主人!

　　奏起你的乐曲吧，让我忘却痛苦，让我在美丽动听的乐声中感受你在那无情的岁月中萦绕在你心头的一切。

　　行将逝去的夜，在我门边留连不去，让她在阵阵歌声中告别吧。

　　把你的心伴随着从你的繁星中倾泻下来的曲调，倾注到我的生命的琴弦中来吧，我的主人。

50

在电光闪烁的瞬间，我见到了你在我生命里的无限的创造——大千世界通过多少次死亡而进行的创造。

当我看到我的生命操在毫无意义的时刻的手中时，我为自己的卑贱而哭泣——但当我看到我的生命操在你的手中时，我懂得它无比宝贵，我不能把它虚掷于默默无闻。

51

我知道有一天，在暮色苍茫中，太阳将向我最后告别。牧羊人将在榕树林下吹起笛子，羊群在河边的山坡上吃草，而我的日子将隐入黑暗。

这是我的祈求，在我离去之前，愿我能知道，为什么大地要召唤我到她的怀里去。

为什么她的静寂的夜向我诉说星星，她的白昼把我的思绪吻成花朵。

在我离去之前，愿我能在我最后的副歌上缭绕迟留，使曲尽声绝，愿这盏灯儿点亮，让我能看见你的脸和那只编好给你戴上的花环。

52

这是什么音乐，它的节拍能动摇世界？

当它落在生命的峰巅，我们大声欢笑，而当它重又隐没时，我们恐惧地畏缩不前。

但是乐奏却始终如一，随着这永无穷尽的音乐的节奏，时而高昂，时而消寂。

你把你的珍宝藏在你的掌中，于是我们高呼我们给人抢了。

但是任你张开或握紧你的手掌，得和失都是一样。

在你同自己玩耍的游戏中，你既是胜利者，又是失败者。

53

我曾用我的眼睛和我的四肢亲吻这个世界，我曾把它密密层层地裹在我的心里；我也曾用思念淹没了它的日日夜夜，直到这世界和我的生命成为一体——于是我爱我的生命，因为我爱这片与我交织在一起的天空的光明。

倘若离开这个世界与爱这个世界是一样真实——那么在生命的会见和别离中必定自有含义。

倘若这种爱会被死亡所欺骗，那么这种欺骗的虫豸就会蛀蚀万物，而星星也会枯萎，变得一片漆黑。

54

浮云对我说："我要消失了。"夜说："我要投入火红的黎明。"

痛苦说："我要像他的足迹一样保持缄默。"

"我要在丰满之中死去。"我的生命对我说。

大地说："我的光芒时时刻刻都亲吻着你的思想。"

"年光流逝，"爱情说，"但是我等着你。"

死亡说："我要把你的生命的船划过大海去。"

55

诗人杜锡达斯在恒河边人们焚化死者的荒地漫步，深深陷入沉思。

他发现一个女人正坐在她死去的丈夫的脚边，她衣饰华丽，仿佛要去参加婚礼一样。

当她看见他的时候，她站起来向他弯身施礼，说道："大师，您开开恩，准许我跟随我的丈夫到天国去吧。"

"为什么这么急，我的女儿？"杜锡达斯问，"天国是上帝创造，难道这人间不也是他的吗？"

"我不想望天国，"那女人说，"我要我的丈夫。"

杜锡达斯微笑着对她说："回家去吧，我的孩子。不出这个月，你就会找到你的丈夫。"

女人满怀希望回去了。杜锡达斯每天去看望她，教给她崇高的思想，让她去思索，直到她的心充满了神圣的爱。

一月未尽，邻居们上她的家去看她，问道："女人，你找到了你的丈夫没有？"

　　这个寡妇微笑着说："我找到啦。"

　　他们渴切地问："他在哪儿？"

　　"我的丈夫在我心里，和我融为一体了。"女人说。

56

　　你来到我的身边作片刻的停留，用存于造化心中的女性的神秘触摸我。

　　她永远以上帝自己流露的美来报答上帝；她的本性永远是那么清新美丽而又青春；她在潺潺流水中舞蹈，在晨曦中歌唱；她以起伏的波涛哺育干渴的大地；在一阵无法遏制的喜悦中，上帝在她身上裂成两爿，并在爱的痛苦中泛滥溢流。

57

那长留在我心中的她是谁，那永远是这样孤零的女人？

我曾向她求爱，但我无法赢得她。

我曾给她戴上花环，歌唱赞美她。

一抹微笑在她脸上闪了一下，接着消失了。

"你不能使我快乐，"她叫道，这个悲伤的女人。

我给她买镶着珠宝的脚镯，用嵌着宝石的扇子给她打
扇，我还在黄金制成的床架上为她铺设了卧床。

她的眼睛闪出一丝快活的微光，接着熄灭了。

"我不喜欢这些，"她喊道，这个悲伤的女人。

我让她坐上一辆凯旋的战车，走遍天涯海角。

被征服的心都拜倒在她的脚下，欢呼声响彻云霄。

她的眼睛射出骄傲的光芒，接着便在泪珠中黯淡了。

"征服不能使我欢乐，"她喊道，这个悲伤的女人。

我问她："告诉我，你寻找谁？"

她只是说："我在等待那个我不知道他名字的人。"

日子一天天过去，她喊道："我不认识的爱人什么时候来，并永远为我所熟识呢？"

58

你是发自黑暗的光，是从斗争的破裂的心上萌生的善。

你是向世界敞开的家，是召唤人们奔赴战场的爱。

你是当世间万物都是一失的时候，而仍不失为一得的礼物，是从死亡之穴流出的生命。

你是陨落于凡俗的尘土之中的天国，你为我而设，为众人而设。

59

当我倦于奔波道途，酷热的暑天又使我干渴难忍的时候；当幽灵般的黄昏把幢幢阴影笼罩着我的生命的时候，我的朋友，此时此刻我不仅渴望听到你的声音，而且渴望你的抚摸。

我的心由于沉重的负担而感到痛楚，因为它没有把它所有的财富给予你。

请从黑夜伸出你的手来！让我握住它，充满它，保有它，在我漫长的寂寞的岁月里，让我感受它的抚摸。

60

　　芬芳的气息在花蕾中叫喊："天哪，春天欢乐的日子过去啦，而我却是一个关在花瓣里的囚徒！"

　　别灰心丧气，胆小的东西！

　　你的镣铐自会迸裂，蓓蕾也会开放鲜花，而当你在生命完满之际凋谢，即使那时春光依然长在。

　　芬芳的气息在花蕾里喘息，焦急地喊道："天啊，时间过去啦，可我还不知道要上哪儿去，也不知道要寻找什么!"

　　别灰心丧气，胆小的东西！

　　春风无意中已听到你的愿望，你的生存不得到满足，日子就不会终止。

　　黑暗是她的未来，因此芬芳的气息在绝望中哭喊："天啊，这究竟是谁的过错，使我的生命如此碌碌无为？"

　　"谁能告诉我，为什么我要这样？"

别灰心丧气，胆小的东西！

当你把你的生命与整个生命融为一体，终于知道你生命的目的时，美妙的黎明就近在咫尺。

61

她还是个孩子，我的主人。

她在你的宫殿里到处奔跑玩耍，而且也想把你变成玩具。

她任凭她的头发散落，也不管她的长袍在尘土里拖曳。

你给她说话，她却睡熟了，不回答你的话——你早晨给她的那朵花，也从她手里掉落在尘土。

当风雨大作，天空一片晦暗时，她忐忑不眠，玩偶都丢在地上，她惊恐地紧贴着你。

她害怕她可能无法为你效劳。

但你微微含笑着观看她玩耍。

那坐在尘土中的孩子是你命定的新娘；她的游戏将会静止，并深化为爱。

62

　　"哦，太阳，除了天空还有什么能容得下你的形象？"

　　"我梦见你，但我决不能想望为你效劳，"露珠哭泣说，"我太渺小，我载不动你，伟大的主人，我的生命全是泪珠。"

　　"我照亮无垠的天空，但我也能倾心于一滴小小的露珠，"太阳这样说，"我将化为星星之火而充满你，那时你渺小的生命就会变成一颗大笑的光球。"

63

那种放纵无度的爱不是我所希求的，它不过像起着泡沫的酒，顷刻之间就会从杯中溢出，而徒然流失。

请给我这样的爱，它凛冽而纯净像你的雨，赐福给干渴的大地，注满质朴的水罐。

请给我这样的爱，它将渗入生命的中心，像那看不见的树液，流遍生命之树，使它开花，使它结果。

请给予我这样的爱，使我的心因为充满和平而常保宁静。

64

　　林木虬结，枝叶纷披，一轮斜阳落在林中的小河西沿。

　　与世隔绝的孩子们把牛群赶回了家，便围坐在篝火边，倾听伽乌塔马大师讲经。这时，一个陌生的孩子走来，捧着鲜花和水果，向他致敬，他跪在他的脚下，他的声音像小鸟般婉转悦耳——"大师，我到您这儿来，求您把我带到至高无上的真理的路上去。"

　　"我的名字叫沙蒂雅卡马。"

　　"愿上帝降福给你。"大师说。

　　"我的孩子，你属于哪个部族？只有婆罗门才配追求最高真理。"

　　"大师，"孩子回答说，"我不知道我属于哪个部族。我要去问我的母亲。"

　　说着，沙蒂雅卡马便起身告别，他涉过溪流，回到那荒沙地的尽头，栖立在沉睡的村落边的那所他母亲的茅屋。

屋子里灯火荧然，母亲在暮色苍茫中倚着柴扉等待儿子归来。

她把他搂在怀里，吻着他的头发，问他去找大师的结果。

"我的爸爸叫什么名字，亲爱的妈妈？"孩子问道。

"大师对我说，只有婆罗门才配追求最高的真理。"

女人垂下眼帘，低声说：

"我年轻的时候，是个穷姑娘，我有过很多老爷。可你确实是来到你的妈妈加巴拉怀里的孩子，我的宝贝，她没有丈夫。"

朝晖在林中修道院的树梢闪闪发光。

早晨浴后的学生们湿发蓬松地对着他们的老师，坐在古树下。

沙蒂雅卡马走来了。

他在圣人的脚边深深鞠躬施礼，静静地伫立着。

"告诉我，"这位伟大的导师问他。"你属于什么部族？"

"老爷，"他答道，"这我不知道。我问我妈妈的时候，她说：'我年轻的时候，服侍过很多老爷，可你确实是来到你妈妈加巴拉怀里的孩子，她没有丈夫。'"

顿时升起一片喊喊喳喳的声音，像蜜蜂在蜂房里受到骚扰而发出的愤怒的嗡嗡声；学生们对这个弃儿无耻的狂言窃窃私语。

采果集

　　伽乌塔马大师从座上起立，他伸出双臂把孩子搂在胸前，说道："我的孩子，你是最好的婆罗门。你具有最高尚的真理的传统。"

65

　　也许在这座城里有一所屋子，今天早晨在朝阳的爱抚下，它的大门永远敞开，那里，光明的使命已经完成。

　　在篱边，在花园，鲜花已经开放，也许有一颗心，今朝在这朵朵鲜花中，已经发现了从永无穷尽的时间之川送来的礼物。

66

听啊，我的心，在他的笛声里有野花芳香的音乐，有绿叶闪烁，水波粼粼和回响着蜜蜂振翅声的重重浓荫的音乐。

这笛声从我的朋友的唇边偷来她那嫣然一笑，并把那笑声撒在我的生命之上。

......[1]

---

[1]　67，68，原缺。

69

你藏在我的心中央，所以当我的心彷徨无主的时候，她从未觅见你；你躲开了我的爱情和希望，直到最后，因为你始终在它们之中。

你是我青春年少欢谑游戏时藏在我内心深处的喜悦，当时我耽于游乐而无暇顾及，喜悦便倏然逝去了。

你在我的生命处于狂喜而心迷神醉之际，向我歌唱，而我却忘记了向你歌唱。

70

　　当你把灯举在空中，灯光照在我的脸上，而阴影投在你的身上。

　　当我把爱的灯挂在我的心里，灯光照在你的身上，我却站在后面的阴影里。

　　……[1]

---

[1]　71，原缺。

72

喜悦从四面八方奔集，以塑造我的躯体。

天空的光芒反复地吻她，直至把她吻醒。

匆匆来去的夏花，岁岁年年在她的呼吸中叹息，微风和水波的声音在她的动作中歌唱。

云霞和森林的色彩以波潮般的激情注入她的生命。宇宙万物的音乐爱抚着她的四肢，使之绰约多姿。

她是我的新娘，——她已经把她的灯在我的屋里点亮。

73

春天已带着它的绿叶和繁花进入我的躯体。

整个早晨蜜蜂都在那儿嘤嘤鸣唱，微风娇慵地在与绿荫嬉戏。

一股甘美的清泉从我内心深处涌出。

我的眼睛因为欢悦而湿润，犹如露水沾湿的清晨，生命在我周身颤抖，犹如琵琶拨响的琴弦。

你是否正独自在我涨潮的生命的河边缓步踯躅，哦，我那永无穷尽的岁月的爱人？

我的梦是否像张着彩色的翅膀的飞蛾，正围着你掠飞？

那一阵阵在我生命的黑暗的洞穴里回响着的声音，是否就是你的歌声？

今朝能听见在我的血管里正鸣响着繁忙时刻的嗡嗡声，能听见在我心中舞蹈的欢快的脚步声，和那永不平静的生命在我体内振翼鼓翅的嘈杂声的，除了你还有谁？

74

　　我的束缚已经斩除，债务已经偿清，我的大门已经打开，我任意东西，去来自由。

　　他们蜷缩在角落里，编结暗淡的时间之网，他们踞坐在尘土中数着钱，唤我回去。

　　但是我的剑已铸成，我已披上甲胄，我的战马急于扬蹄驰骋。

　　我将赢得我的王国。

75

我赤条条无姓无名，迸出一声哀号来到你的大地，才不过几天。

今天我欢声歌唱，而你，我的主人，从我的身边闪开，为了让我能把我的生命充盈。

甚至当我把我的歌曲奉献给你的时候，我也暗自希望人们来临，希望他们因为这些歌曲而爱我。

你喜欢看到我爱上你把我带来的这个世界。

76

　　我曾胆怯地匍匐在安全的庇护下，但如今当喜悦的波涛把我的心高高地抛向浪峰时，我的心却紧贴着它的苦恼的礁石。

　　我曾独自坐在我斗室的角落里，担心斗室湫隘无法接待来客，但如今当门扉突然被不期而至的喜悦打开时，我却发现这斗室不仅容得下你，也容得下整个世界。

　　我曾踮着脚尖步履轻盈地走路，也留心我的容貌仪态，我熏香涂脂，插金戴玉——但如今当一阵欢乐的旋风把我卷倒在尘土之中时，我在你的脚边却像一个孩子，在地上嬉笑翻滚。

77

这世界一度是你的，也永远是你的。

因为你无所企求，我的帝王，你的财富不足以使你欢乐。

你视财富如草芥。

所以你在漫长的岁月中，把你的一切给予我，而在我内心不断地赢得你的王国。

一天又一天，你从我的心头买得黎明，而且发现你的爱已刻成了我的生命的形象。

78

你给群鸟以歌曲，群鸟也报之以歌曲。

你只给我以声音，而要求于我的，却不仅是声音，因此我歌唱。

你使你的风轻盈若飞，于是风就飞速地为你奔波。你在我手里托付了可以由我自己卸轻的重负，于是，最后我就获得了毫无挂碍地为你效劳的自由。

你创造了你的大地，使大地的阴荫充满了点点光影。

至此，你停止了；你把我撒在尘土中，赤手空拳地创造你的天国。

对于世间万物，你都给予；而对于我，你只索取。

我的生命的果实在阳光雨露下生长成熟，直至我收获的超过了你所播种的，使你心花怒放，哦，金色谷仓的主人！

79

别让我祈求我能幸免于遭遇危险，而祈求能面对危险而无所畏惧。

别让我要求把我的痛苦止息，而要求一颗能战胜痛苦的心。

别让我在人生的战场上寻求盟友，而寻求我自己的力量。

别让我在忐忑不安的恐惧中渴望得救，而希求能赢得我的自由的坚韧。

姑且承认我也许不是一个懦夫，在我欣喜于自己的成功之际，让我独自感受你的仁慈；但在我遭遇失败的时候，让我能找到你的手的紧握。

80

当你孤身独处的时候，你不了解自己，而当疾风从这里掠向那更远的岸滩时，听不见一声差遣的呼喊。

我来了，你就醒了，天空也放出了万道霞光。
你使我化为繁花而花朵齐放；在各种形式的摇篮里把我摇荡；你把我藏在死亡中，又在生命中找到我。

我来了，你心潮起伏，你悲喜交集。
你抚摸我，使我颤抖而满怀爱情。

但是在我的眼睛里有一抹薄薄的羞涩，在我的心头有一缕恐惧的闪念；我的脸蒙着面纱，当我看不见你时，我忍不住低声哭泣。

然而我知道，你心里渴望看到我，在日出一次又一次敲响我的大门声中，这永无穷期的渴望在我门口呼喊。

81

　　你，在你永无穷尽的注视中，谛听着我逼近的脚步声，而你的欢乐在黎明的晨曦中聚集，又突然变为光明灿照。

　　我越是挨近你，大海舞蹈的热情就越高。

　　你的世界是在你手中的一株枝叶交错的光明的花枝，但你的天国却在我秘密的心中；它怀着羞怯的爱情，徐徐绽放花蕾。

82

我独自坐在静思的阴影中，我一定要呼喊你的名字。

我一定要呼喊你的名字，不用任何言词，也不为任何目的。

因为我就像一个孩子，千百遍呼唤他的母亲，为自己能说"母亲"这个词而感到欣喜。

83

1

我感到所有的星星都在我心中闪耀。

世界像一股洪流涌进我的生命。

繁花在我身体里齐放。

大地与江河的全部青春活力，像一缕香烟在我的心中缭绕；世间万物的气息吹起我阵阵思绪，宛如吹奏一支短笛。

2

当世界沉睡的时候，我来到你的门前。

星星静谧无声，我不敢放声歌唱。

我等着，守着，直到你的身影掠过午夜的阳台，才心满意足地回家。

于是在清晨，我在大路边歌唱；

围篱上的鲜花回答我的歌声，晨风在静静倾听；

旅人们蓦地驻足，凝望着我的脸，以为我呼唤了他们的名字。

3

把我留在你的门边，永远为你的愿望效命，也让我接受你的召唤而在你的国度里奔走四方吧。

别让我沉没并消失于消沉的深渊。

别让我的生命因年光虚掷一无所成而变为碎片。

别让重重疑虑——那使人意乱心烦的尘埃——把我困住。

别让我为了搜集许多东西而寻求许多途径。

别让我屈服于多数人的压力。

让我高高地扬起头来，以作为你的仆人而自豪。

84

划手们

你们可听见远处死亡的喧嚣，

那来自火海和毒云中的呼喊？

　——船长呼喊舵手把船首转向未名的岸滩，因为港口里停泊的时候已过。

人们在那儿把同样的老商品周而复始地买进卖出，

那儿朽废之物在枯竭和一无所有的真理中漂浮。

他们突然惊醒，问道：

"伙伴们，敲过几点钟啦？

什么时候天才亮？

滚滚的乌云抹去了星星——

那么有谁能瞧见白天召唤的手指？

他们手握船桨奔出屋去，床上空无一人。

母亲在祈祷，妻子在门边守望；

一声离别的哀号升向天空，

黑暗里传来船长的声音：

"来啊，水手们，在港湾里停泊的时间已经过去啦!"

尽管世间所有的罪恶已经冲决了它们的堤岸，划手们，怀着你们灵魂里悲痛的祝福，各就各位吧!

你们责怪谁，兄弟们? 低下头来吧!

这罪愆是你们的，也是我们的。

多少年代在上帝心中积累的热——

弱者的怯懦，强者的骄横，富豪的贪婪，含冤者的怨恨，豪族的骄傲，对人的侮辱——

喷薄而出化为风暴，破坏了上帝的平静。

让暴风雨把它的心撕裂，像一只成熟的荚果，化作阵阵震雷，撒向四方。

停止你们诋毁别人揄扬自己的喧闹声吧，你们默念着祈祷，神色镇定地划向那未名的岸滩吧。

我们每天都经历罪与恶，我们也经历过死亡。

它们像浮云一般掠过我们的世界，以它们瞬息易逝的闪电的大笑嘲弄我们。

突然间它们戛然而止，变为奇异的怪物，而人们必须站在它们面前说：

"我们不怕你，哦，魔鬼! 因为我们原是靠着征服你，每一天才活下去的，

我们与信念共存亡：相信和平是真实的，善也是真实

的，而真实是永恒不灭的上帝！"

假若永生不寓于死亡的心中，

假若欢乐的智慧开花而不胀破悲伤的护鞘，

假若罪恶不死于自我败露，

假若骄矜不在它沉重的勋章之下破灭，

那么驱使这些人像曙光中的星星冲向死亡似的离别他们家园的希望又从何而来？

难道殉难者的鲜血和他们的母亲的眼泪全都白白消失在大地的尘土之中，他们付出的代价买不到天国？

而当世人突破尘世的界限的时候，那不就是无限显现的时刻？

85

失败者之歌

我站在大路边，我的主人吩咐我唱失败之歌，因为失败是他私下求爱的新娘。

他蒙上了深色的面纱，不让众人瞧见她的脸，但是她胸前的宝石却在黑暗里闪闪发光。

白昼遗弃了她，但上帝的夜却用它点燃的灯和露湿的花等着她。

她默默无语，眼睛低垂；她已撇下了她的家，从她的家里传来了风中的哀号。

但是繁星却对一张饱经困苦羞辱而美丽动人的脸，唱着永恒的恋歌。

那间寂寞的卧室已经把门打开，呼唤的声音也已经传出，黑暗的心却因为即将来临的约会而憬然跳动。

86

感恩

那些在傲慢的道路上行走的人，把微贱的生命踩在脚下，他们沾着鲜血的脚印盖满了嫩绿的大地。

让他们欢欣雀跃吧，感谢您，上帝，因为胜利是属于他们的。

但是我满怀感激之情，因为我与卑微者同命运，他们忍受苦难，肩负权势的重压，在暗地里他们掩面饮泣吞声。

他们的痛苦每一次抽搐都在你的黑夜的隐秘的深处跳动，每一次受到的侮辱都汇成了你巨大的沉默。

但未来是属于他们的。

哦，太阳，照耀在那颗颗流着鲜血的心上，开放出朵朵黎明的鲜花，而火炬通明的骄傲的欢宴，却已化为一片灰烬。

编者后记

林贤治

刚上初中，从一位右派老师处见到出版未久的《游思集》，爱不释手。精装，天蓝色封面，上面有线描的一位印度女郎在舞蹈。内文更使我喜欢，仿佛隔着恒河，诗人在远端诉说，译者在近端响应，回声曼妙，清澈、优雅、飘逸、蕴藉、幽玄不可言说。是典型的东方风格，而不乏现代的气息。从此，我记住了汤永宽的名字。

后来陆续读到汤先生译的卡夫卡、海明威，包括萨特论存在主义的小册子。十年前，编选《现代散文诗名著名译》丛书时，顿然想起《游思集》，这才同汤先生有了直接的联系。

电话里，汤先生是淳厚的，热情的，声音苍老重浊，照片却是一派温文尔雅。为了我的约稿，他不但重校了旧译《游思集》和《采果集》，还特意译了《献歌集》，也即《吉檀迦利》。至今，我仍然信任汤先生的译文，认为是泰戈尔散文诗中译本的最佳者。其时，他已是八十余龄的老人，想不到译笔竟还如此年轻。他告诉我，译完《吉檀迦利》，将回老家一趟，将藏书全部献给当地图书馆。我听了很感动，西风残照，有一种悲壮的意味。不日收到汤先生寄来的诗稿，心想，这当是他写给我们这个世界的最后的"献歌"了。

趁"文学馆"开馆之际，我把汤译泰戈尔再度带了进来，谨此表示内心里对汤先生的深切的敬意和怀念。

二〇一七年六月